KB106094

어느 날,
크로마뇽인
으로부터

어느 날, 크로마뇽인으로부터

이평재 소설

민음사

차 례

어느 날, 크로마뇽인으로부터 … 7

고양이 변주곡 … 33

앤디를 위하여 … 65

검은 면사포의 계절 … 93

리아논의 새 … 125

숫자 6을 보다 … 155

카오스 판타지 … 187

사이렌, 사이렌 … 214

작가의 말 … 243

어느 날, 크로마뇽인으로부터

언제부터 그랬죠?

여자의 물음에 나는 선뜻 대답을 못하고 눈만 깜박거렸다. 그러자 여자가 나의 얼굴을 빤히 쳐다보며 다시 물었다. 언제부터 줄어드는 느낌이 들었냐고요? 나는 여전히 입만 벙긋거리며 대답을 하지 못했다. 제 말 안 들리세요? 당신 거기가 언제부터 줄어들기 시작했냐고요? 그제야 나는 겨우 입을 열었다. 하지만 혀 짧은 소리로 엉뚱한 대답을 해버렸다. 헬리콥터 여섯 대가 일렬로 날아간 날부터요.

여자는 어이없다는 표정을 지었다. 소리 내지 않았지만 여자의 입은 푸하! 하고 벌어졌고, 말하지 않았지만 여자의 눈은 이 사람 바보구나! 하는 비웃음을 담고 있었다. 게다가 여자는 생각하면 할수록 웃긴다는 듯 계속해서 푸하!거렸다. 요란스럽게 몸을 흔들거나 깔깔거리지는 않았지만 내 눈길을 피해가며 자꾸만 기분 나쁘게 웃었다. 앞머리를 매만지면서도, 볼펜을 집어 들면서도, 진료 카드를 넘기면서도, 의자에서 일어나면서도, 손을 뻗쳐 진찰대 쪽을 가리키면서도 틈만 나면 웃었다. 급기야 내가 기분 상한 표정으로 쳐다보자 웃음을 참느라 입을 오므리고 얼굴을 이리저리 씰룩거렸다. 나는 자존심이 상했다. 머리로 피가 몰려 어지럼증을 느낄 지경이었다. 여자의 웃음을 한방에 날려버리고 싶었다. 하지만 여자의 질문에 사실대로 대답할 수는 없는 일이었다. 내가 사실대로 35,000년이나 된 크로마뇽인 유령을 만난 뒤부터 내 성기가 이렇게 줄어들었노라고 말한다면 여자는 더욱 어이없다는 웃음을 터뜨렸을 터. 아마 죽을 때까지 나를 떠올리며 푸하! 거렸을 것이다.

믿거나 말거나. 그렇지만 누가 뭐래도 내가 35,000년이나 된 크로마뇽인 유령을 만난 건 사실이었다. 또한 그 크로마뇽인 유령을 만난 뒤부터 성기에 이상이 생긴 것도 사실이었다. 헬리콥터 여섯 대가 일렬로 오피스텔 빌딩 위를 지나간 그날 오후 나는 정말 크로마뇽인 유령과 첫 대면을 했고, 바로 그 두어 시간 뒤 최초로 내 성기가 작아진 느낌을 받았다. 뿐만 아니라 지난 한 달 내내 단 한 번도 8센티미터 이상으로 커지지 않는 내 성기로 인해 엄청난 스트레스를 받았다.

크로마뇽인 유령과 처음 대면한 그날은 장맛비가 사흘째 내리고 있었다. 실내가 온통 끈끈했다. 나는 보일러와 에어컨을 동시에 켜놓고 하루 종일 뒹굴었다. 휴대폰도 받지 않았다. 요란한 소리를 내며 헬리콥터 여섯 대가 일렬로 날아갈 때 아주 잠깐 창가에 서서 하늘을 올려다보았을 뿐, 네 편의 컬트 영화 비디오를 연속으로 보면서 모처럼 얻은 휴일을 만끽했다. 그리고 저녁 무렵이 돼서야 찌뿌드드한 몸을 풀기 위해 욕조에 물을 받기 시작했다. 그런데 원하는 더운물을 받을 수 없었다. 더운물 쪽으로 고정을 시켜놓은 수도꼭지가 자꾸만 찬물 쪽으로 돌아가버리는 거였다. 수도꼭지 옆부분을 손바닥으로 두드려보던 나는 이상한 생각이 들었다. 건드리지도 않았는데 스르륵, 절로 돌아가버리는 수도꼭지를 두 눈으로 보고 있자니 기분이 묘했다. 흔한 말로 귀신이 곡할 노릇이었다.

아무래도 누군가와 함께 있는 듯한 느낌. 하지만 나는 수도꼭지가 고장 났기 때문이라고 여기며 욕실을 나와버렸다. 날씨도 더운데 찬물로 목욕을 하면 어떠냐고 스스로를 다독이며 속옷을 챙겼다. 욕조에 물 받는 소리가 유난히 크게 들려오는 것을 느끼며 인스턴트커피를 마셨다. 만나고 싶어요, 하고 휴대폰으로 문자 메시지를 보내온 효주라는 이름의 여자가 지난가을 타워 크레인 위에서 인질 소동을 벌였던 인물임을 기억해 내며 옷을 벗었다. 거울 앞에 서서, 차가운 빗물에 젖어 한껏 도드라진 효주, 그녀의 분홍빛 젖꼭지를 떠올리며 팽팽해진 아래를 만지기 시작했다. 미칠 듯이 나를 빨아들이던 그녀를 떠올리며 아래를 마구 흔들어댔다. 그리고 휴지로 정액을 받아낸 뒤 그것을 들고 휘적거리며 욕실로 향했다. 귀신은 무슨! 틀림없이 수도꼭지가 고장 났기 때문일 거라고 고개를 끄덕이며 욕실 손잡이를 돌렸다. 스치듯, 효주가 이제와서 왜 나를 만나자는 건지 모르겠다는 생각을 하며 욕실 문을 열었다.

내가 타워 크레인 위로 올라갔을 때 효주의 손에는 한 권의 소설책이 들려 있었다. 그리고 그 책을 쓴 소설가의 어린 아들이 겁에 질려 울고 있었다. 사건의 경위를 파악하고 크레인 위로 올라간 나는 상상했던 바와 분위기가 조금도 다르지 않은 인질범, 효주의 모습을 보자 울컥 짜증이 났다. 아이가 무슨 죄가 있다고? 하고 내가 묻자 그녀는 말했다. 선생님이 그랬어요. 날 사랑하지만 아이 때문에 할 수 없이 그 여자와 사는 거라고.

인질범이 작가 지망생인 사건을 처리하는 것은 처음이었다. 하지만 나는 경험상 효주와 같은 여자들의 속성을 나름대로 파악하고 있었다. 때문에 효주를 보는 순간 나도 모르게 화가 치밀었다. 지긋지긋했다. 원하는 것을 얻기 위해서라면 무엇이든 내주고 덤벼대는 맹목성. 내 아내와 하나도 다를 게 없는 분위기였다. 한때 내가 미치도록 사랑했고, 나를 미치도록 사랑했던 아내는 화가 지망생이었다. 아내는 그림 수업을 받으러 다닌 지 일 년 만에 나에게 이혼을 요구했다. 아내의 그림 선생은 꽤 유명한 화가였다. 하지만 여러 곳에서 여자 문제로 물의를 일으킨 적이 있는 인물이었다. 그러니까 아내는 파렴치한 남자의 여러 여자들 중 하나였던 것이다. 그런데도 아내는 그를 무조건 사랑한다고 했다. 그가 자신의 꿈을 이뤄줄 거라고 했다. 정말 한심한 일이 아닐 수 없었다. 아내를 희롱한 작자를 개만도 못한 위선자로 치부하고, 다음 생에 암수한몸인 하등 생물로 태어나라고 저주해도 나는 왠지 상대방보다 아내가 더 밉고 원망스러웠다.

나는 생명이 어쩌고 세상이 어쩌고 하며 인질범 효주를 설득하고 싶지 않았다. 인질 협상가? 제기랄 나도 사람이라고, 하는 심정으로 그녀를 함부로 대했다. 아래로 뛰어내릴 듯한 자세를 취하고 있는 그녀를 철저히 무시했다. 그녀가 아래로 뛰어내리든 말든 나는 아이를 번쩍 안아 대기하고 있던 경관에게 넘겨주었다. 아이를 넘겨받은 경관과 그녀는 나의 행동에 무척 당혹스러워했다. 경관은 아이를 안고 내려가면서, 여자가 뛰어내리면 어쩌려고? 하는 시선을 던졌고, 그녀는 비명을 지르며 손에 들고 있던 책을 집어던졌다. 하지만 나는 극도의 불안감에 빠져 괴상한 신음을 내고 서 있는 그녀 앞에 앉아 느긋하게 담배 한 대를 피웠다. 그러고 나서 그녀에게 말했다.

"너 같은 것들 지겹다. 죽을 거면 시간 끌지 말고 빨리 뛰어내려라."

비가 내렸다. 타워 크레인 바닥에 물이 고였지만 나는 꼼짝않고 앉아 있었다. 이미 자살을 포기한 효주는 초조한 기색을 보였다. 슬그머니 구석에 쪼그리고 앉아 내 눈치를 살폈다. 그사이 빗줄기는 한층 거세졌다. 나는 타워 크레인 아래에서 대기하고 있는 사람들에게 이제는 안전하다는 사인을 보냈다. 그들은 기다렸다는 듯 비를 피해 신축 공사 중인 아파트 건물 안으로 뛰어 들어갔다. 빗줄기는 나무젓가락이 내리꽂히는 것처럼 특이한 소리를 내며 타워 크레인 바닥을 두드려댔다. 나는 잔뜩 겁을 먹고 있는 효주를 물끄러미 내려다보았다. 그러자 또다시 아내의 모습이 떠올랐다. 결혼 생활 삼 년 만에 남편인 나의 아이가 아닌, 파렴치한 화가의 아이를 임신한 아내는 말했다. 당신과 이혼하고 아이를 낳을 거야. 임신 사실을 알고는 연락을 끊어버린 그 자식이 어떤 놈인지 아직도 모르겠냐고 다그쳐도 아내는 변함없이 한심하게 굴었다. 차라리 자신을 원망하라고. 여자들은 남자가 이불 속에서 한 말을 그대로 믿는 모양이었다.

어리석은 암컷들. 나는 아내를 떠올리자 더욱 화가 치밀어 올랐다. 타워 크레인의 쇠 난간을 잡고 부르르 떨며 효주를 밑으로 집어던지고 싶은 충동을 억눌러야만 했다. 하지만 잠시 뒤, 젖은 옷 위로 젖꼭지가 도드라진 그녀의 가슴을 노려보다가 우악스럽게 그녀를 덮쳤다. 그리고 짓이겨버릴 듯 그녀를 범했다. 왠지 그녀는 아무런 저항을 하지 않았다. 아니, 나중엔 오히려 아래를 흡착기처럼 움직여 내 성기를 강하게 빨아들였다. 나는 온몸이 그녀의 몸속으로 빨려 들어갈 것 같은 두려움까지 느끼며 정액을 쏟아냈다. 결국 필사적으로 매달리는 그녀의 양팔을 손으로 잡아 내 몸에서 강제로 떼어낸 뒤에야 그녀에게서 떨어져 나왔다.

그랬는데, 이제 와서 성폭행을 당했다는 건가. 나는 욕실 안으로 들어가며 코웃음을 쳤다. 손에 들고 있던 휴지를 변기 속으로 던져 넣으며 어림없는 일이라고 고개를 저었다. 구멍으로밖엔 아무짝에도 쓸모없는 것들……. 나는 입가를 일그러뜨리며 욕조의 수도꼭지를 잠갔다. 그런데 정말 희한한 일이었다. 거짓말처럼 수도꼭지가 더운물 쪽으로 돌아가 있고 욕조 안의 물에서 더운 김이 모락모락 피어오르고 있었다. 하루 종일 컬트 영화를 본 탓인가. 나는 어리둥절했다. 고개를 돌려 욕실 안을 여기저기 살펴보았다. 그러다가 어느 순간 흐흡! 하고 놀라며 뒷걸음질을 쳤다. 뿌연 수증기 속, 인간인지 동물인지 정체를 알 수 없는 기이한 생명체 하나가 언제 어디서 나타났는지 욕조에 느긋하게 몸을 담그고 누워 있었다.

언뜻 그것은 거대한 거북처럼 보이기도 했다. 그러나 등의 굳은살이 거북의 껍질처럼 두껍고 딱딱하게 덮여 있긴 해도 거북은 아니었다. 머리 꼭대기에 움푹 파인 구멍, 개구리 앞

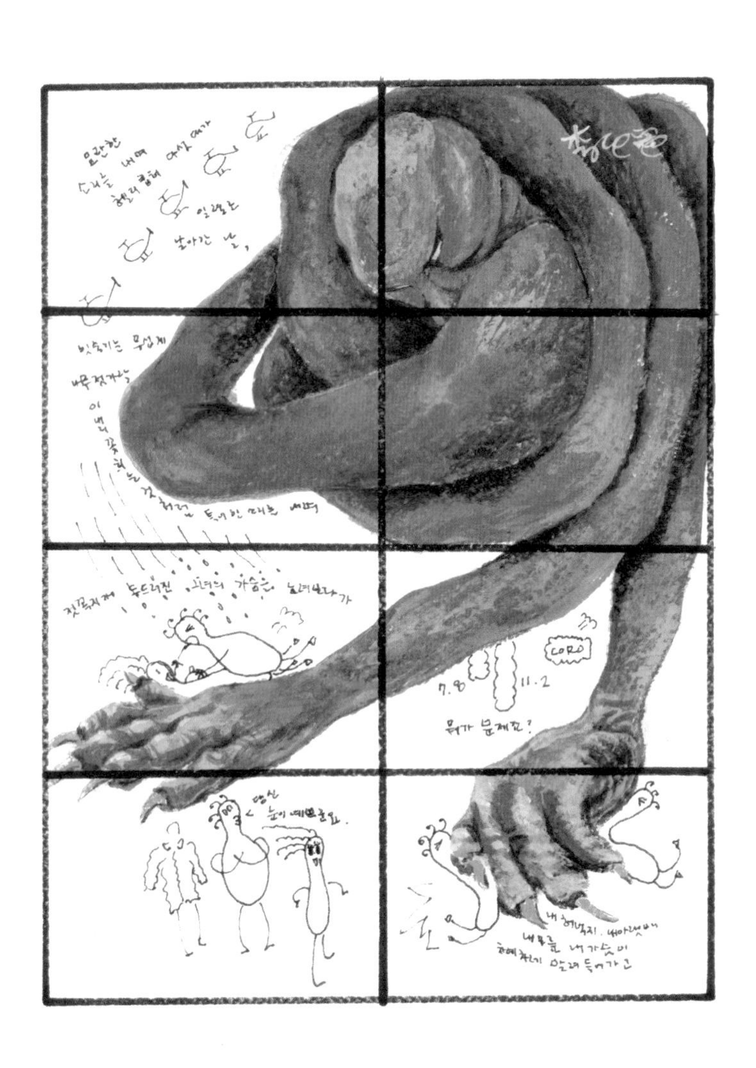

날아간 날,
빗줄기는 무섭게
7.8
11.2
CORO
뭐가 문제죠?

다리처럼 생겼지만 길고 긴 두개의 팔, 거대한 상체를 꾸부정하게 받치고 있는 두 개의 가는 다리, 그 다리 사이에서 쉴 새 없이 열렸다 닫히기를 반복하는 붉은 구멍. 그것은 하체에 비해 상체가 비정상적으로 크고 광대뼈가 지나치게 두드러졌지만 유인원이라기엔 인간에 가까운 모습이었다.

욕조 안의 그 기이한 생명체와 눈이 마주친 나는 심장이 쪼그라드는 느낌이었다. 녀석의 눈엔 서늘한 기운이 담겨 있었다. 딱히 이런 거라고 한마디로 표현할 수는 없지만 동굴 어둠 늪 죽음 공포 따위의 낱말을 연상시키는 섬뜩한 기운을 풍겼다. 연못이나 강에 숨어 살며 지나가는 사람들을 끌어들여 익사시킨다는 전설 속의 수중 괴물 같기도 했다. 나는 녀석이 나를 욕조 안으로 끌어들여 잡아먹을지도 모른다는 턱없는 생각에 빠져들었다. 그렇듯 괴상한 생물체가 왜 난데없이 나타난 건지, 녀석의 정체에 대해 앞뒤 따질 겨를 없이 엄청난 공포를 느꼈다. 때문에 오로지 한 가지 강박에 짓눌렸다. 녀석이 공격하기 전에 내가 먼저 없애버려야 한다는.

하지만 어찌된 일인지 녀석은 내 마음을 훤히 들여다보고 있었다. 내가 현관 우산꽂이에 꽂혀 있는 야구방망이를 떠올리는 순간 녀석은 아래턱을 앞으로 쭉 내밀고 입을 뾰족하게 모은 뒤 설레설레 고개를 저었다. 그래도 내가 욕실 밖으로 뛰쳐나가기 위해 기회를 엿보자 길고긴 두 팔을 순식간에 움직여 내 양어깨를 잡아 눌렀다. 나는 어깨에 느껴지는 강한 힘에 기절할 지경이었다. 다리가 풀려 그 자리에 주저앉아버렸다. 꼼짝없이 당할 수밖에 없는 신세였다. 하지만 다음 순간 나는 호기심에 가득 차 녀석을 바라보았다. 녀석이 웃는 건지 우는 건지 모를 일그러진 표정으로, 입에서 나는 건지 코에서 나는 건지 모를 괴상한 소리를 냈다. 우우후아으후어으이. 그러면서 다리 사이의 붉은 구멍으로 녹색의 진득거리는 액체를 거듭 뿜어냈다.

아무튼 바로 그 녀석이 35,000년이나 된 크로마뇽인 유령이었다. 나 역시 처음에는 그 사실을 믿지 않았다. 녀석이 사라지고 난 뒤 녀석이 남기고 간 이야기의 진의를 확인해 본 결과 녀석이 정말로 크로마뇽인 유령이라는 확신을 갖게 되었다. 녀석은 십오 분가량 내 앞에 있다가 사라졌다. 그 십오 분 동안 나는 외계인이 독심술로 인간과 대화를 나누는 어느 영화 속의 장면보다 더 놀랍고 신기한 경험을 했다. 녀석은 시종일관 아우우으아우, 하는 식의 언어 같지도 않은 목소리를 냈지만 나는 언어 판독기를 뇌에 심어놓은 듯 그 의미를 정확히 알 수 있었다. 정말이지 겪어보지 않으면 상상조차 할 수 없는 일을 생생하게 경험한 것이었다.

녀석은 자신을 35,000년 전 프랑스 서남부 베제르 계곡의 크로마뇽이라는 동굴에서 살았던 부족의 유령이라고 소개했다. 현재 크로마뇽 동굴 벽에 남아 있는 그림의 대부분이 자기 가족의 솜씨라고 자랑했다. 상아색 플라스틱 비누 받침대를 보며 상아나 동물의 뼈로 팔찌나 목걸이를 만들었던 이야기를 했고, 벽에 걸려 있는 수건을 보며 짐승의 가죽으로 위아래가 분리된 옷을 지었던 이야기를 했고, 잔기침을 하는 나를 보며 영리한 호모 사피엔스들은 자신의 부족보다 병을 잘 고쳤다는 이야기를 했다. 하지만 자신의 부족은 죽으면 다시 태어나 다른 세계에서 산다는, 영적인 세계를 믿었기 때문에 나쁜 짓은 하지 않았다고 자랑스럽게 말했다. 나는 녀석의 말에 대해 믿을 수도 믿지 않을 수도, 웃을 수도 웃지 않을 수도 없었다. 크로마뇽인 유령이라는 말이 황당하게 느껴졌지만 한편으론 그의 이야기가 그럴싸하게 들리기도 했고, 녀석이 내 앞에 나타나게 된 배경을 설명할 때는 기가 막혀 말이 안 나올 지경이었지만 한편으론 사실이면 어쩌나 하고 두렵기도 했다.

녀석은 예전과 달리 세상사가 너무 복잡해졌다고 했다. 그래서 자기같이 단순한 유령은 골치가 아프다고 했다. 또한 예전 같으면 시공을 초월하여 돌아다니다가 마음이 비어 있는 인간을 만나면 그럭저럭 함께 지낼 수 있었는데 지금은 인간이 너무 영악해져 자기처럼 착한 유령은 마음 편히 머물 곳이 없다고 했다. 머물 곳을 찾아 50,000년 전의 화석이 발견된 남쪽의 화산섬으로 가다가 헬리콥터 소리에 놀라 주춤, 집중력을 잃고 눈을 떠보니 이 욕실 안이라고 했다. 다시 떠나려는데 발가벗고 거울 앞에 서 있는 나를 보고는 장난기가 발동했다고 했다. 녀석의 말을 들은 나는 얼굴이 화끈거렸다. 그렇다면 내가 효주를 떠올리며 그 짓을 한 것도 모두 봤단 말인가.

나는 녀석의 얼굴을 유심히 살피기 시작했다. 녀석은 간간이 알 수 없는 미소를 지었다. 그 미소에는 묘한 뉘앙스가 담겨 있었다. 언뜻 보기에는 늘어지게 잠을 자고 일어나 늦은 아침 식사를 즐기려는 사람의 미소 같았지만 자세히 보면 '지난여름 네가 한 일을 알고 있다'는 식의 야릇한 미소였다. 어쩌면? 녀석이 나에 관해 모든 것을 알고 있을지도 모른다는 생각이 들기 시작했다. 그렇다면? 녀석이 내 앞에 나타난 진짜 이유가 따로 있을지도 모를 일이었다. 나는 겁이 났다. 아니, 어린아이들처럼 단순히 겁이 난 게 아니라 두려웠다.

당신은 영적인 세계를 믿나요? 느닷없는 녀석의 질문에 나는 저항할 마음을 잃기 시작했다. 우물거리며 그건 왜? 하고 되물었다. 그러자 녀석이 다시 야릇한 미소를 흘리며 말했다. 아까도 얘기했지만 우리 부족은 죽으면 다시 태어난다고 믿었기 때문에 나쁜 짓을 하지 않았지요. 그런데 당신은……. 나는 더 이상 녀석의 말이 귀에 들어오지 않았고, 더 이상 할 말이 없었다. 35,000년 된 크로마뇽인 유령이 느닷없이 욕실에 나타나 나의 양심과, 나의 죄책감 없는 생활과, 나의 사랑에 관해 심원한 진리를 따지며 심판을 하려는 것이라고, 정확히 파악할 수는 없었지만, 어쨌든 이젠 끝장이라는 생각이 들었다. 때문에 나는 모든 것을 포기하고 오직 한 가지 생각만 하려고 노력했다. 녀석의 입에서 흘러나오는 괴상한 소리가 내 귀로 들어오는 순간 그 의미가 절로 해석되는 것이 놀라울 따름이라는. 녀석은 시공을 초월하며 게다가 독심술까지 하고 있었으니 말이다.

녀석과 나는 한동안 침묵한 채 서로를 응시했다. 녀석은 포식자인 맹수로, 나는 죽어가는 먹잇감으로 서로에게 시선을 고정한 채 죽음의 의식을 치르는 것 같았다. 하지만 나는 어느 순간 침묵을 깨고 쪼그라든 성기를 손으로 가리며 벌거벗은 몸을 한껏 움츠렸다. 녀석이 허공으로 길고 긴 팔을 둥글게 들어올리더니 느닷없이 나의 성기를 향해 손을 뻗친 때문이었다. 아차! 나는 본능적으로 감지되는 바가 있었다. 반사적으로 녀석의 다리 사이에 있는 붉은 구멍을 보았다. 그러다가 두 눈을 동그랗게 뜨고 녀석의 얼굴로 시선을 옮겼다. 녀석은 남자가 아닌 여자 크로마뇽인 유령이었던 것이다.

여자 유령을 만나더니 이젠 비뇨기과 의사까지 여자라니!

의사가 여자임을 알게 된 순간 그 즉시 돌아가지 않은 것을 후회하며 나는 여의사를 멀뚱히 쳐다보았다. 그러자 그녀가 눈을 동그랗게 뜨고 다시 진찰대를 가리키며 말했다. 누워보세요, 바지도 내리고요. 내가 등을 보이자마자 여의사는 또다시 푸하! 하고 소리 없이 웃었다. 나는 차라리 바보처럼 구는 게 더 나을지도 모르겠다는 생각을 했다. 그러면 35,000년이

나 된 크로마뇽인 유령을 만난 뒤부터 내 성기가 작아졌다고 사실대로 말해 볼 수도 있으니까. 밑져야 본전이고 적어도 엉뚱한 소리를 하지 않아도 되니까.

나는 이런저런 생각을 하며 밖으로 뛰쳐나가고 싶은 걸 애써 참았다. 그리고 침을 삼키며 진찰대 앞으로 다가갔다. 바지를 내리고 누워야 할지, 누운 다음에 바지를 내려야 할지 잠시 망설이다가 우선 진찰대 위로 엉덩이를 걸쳤다. 천장을 보고 누우며 건물의 외벽에 걸려 있는 병원 간판을 떠올렸다. 턱없는 배신감에 얼굴을 붉히며 바지 지퍼를 내렸다. 황철수 비뇨기과라니! 여의사의 이름이 원래 황철순이나 황철숙인데 비뇨기과의 특성상 손님을 끌기 위해 황철수라는 이름을 사용하는 건지도 모른다는 생각을 하며 눈을 질끈 감았다.

동호대교 남단과 성수대교 남단 사이의 블록엔 비뇨기과가 손으로 꼽을 수 없을 만큼 많았다. 정성기 비뇨기과, 김용해 비뇨기과, 이승진 비뇨기과, 차미경 비뇨기과, 조영식 비뇨기과, 황철수 비뇨기과 등등. 나는 그중에서 조영식 비뇨기과와 황철수 비뇨기과의 의사는 분명히 남자일 거라고 생각했다. 때문에 두 곳 중 어디에서 진료를 받을지 망설이다가 황철수 비뇨기과를 택했다. 얼마 전 나와 섹스를 한 여자의 이름이 조영식인 때문이었다.

아이를 지우면 모든 것을 용서하겠다고 해도 아내는 말을 듣지 않았다. 결국 고집을 피우고 아이를 낳았다. 하지만 나는 이혼을 하지 않았다. 이혼도 희망이 있을 때의 일이었다. 나는 아내를 용서할 수 없어 별거를 택했다. 그리고 예전과는 전혀 다른 생활을 하기 시작했다. 최후의 보루라고 일컫는 사람들마저 양심을 던져버리는 세상이니 아무것도 거리낄 것이 없었다. 누구에게도 구애받지 않는 자유로운 생활을 했다. 특히 지난 일이 년 사이에 백 명도 훨씬 넘는 여자와 섹스를 했다. 그건 생각보다 쉬운 일이었다. 딱 한 가지 확신만 있으면 되는 일이었다.

사랑은 없다!

나는 수없이 많은 여자를 거치면서 여자는 고양이과에 속한다는 결론을 내렸다. 얼마든지 말이 없도록 훈련을 시킬 수 있는 나긋나긋하고 우아한 잡식성 동물. 여자를 그렇게 만드는 일은 간단했다. 아무리 잘난 여자들도 다섯 번만 예쁘다고 속삭여주고 세 번만 쓰다듬어주면 나긋나긋하게 몸을 기대왔다. 그러면 한발 뒤로 물러나서 세 번도 아니고 딱 두 번만 눈길을 마주치다가 기회다 싶을 때 슬쩍 먹이를 던져주면 심하게 앙탈을 부리던 여자도 어느새 온순해졌다. 몇몇 여자들은 헤어지기 아까울 정도로 고분고분했는데 그건 맹수에서 고양이로 변종이 된 최상급 케이스였다.

조영식이라는 이름의 여자가 바로 그런 대표적인 경우였다. 그녀는 피해 의식이 강한 불구자였다. 나는 한 여자와 두 번 이상 자지 않는다는 그동안의 철칙을 깨고 그녀와는 세 번

잤다. 그 뒤 크로마뇽인 유령을 만났고 성기에 이상이 생겨 한 달간 그 어떤 여자와도 섹스를 하지 못했다. 그러니까 그녀는 나의 마지막 섹스 상대이기도 했다.

내가 그녀를 만난 곳은 고층 빌딩 엘리베이터 안이었다. 24층 스카이라운지로 올라가던 중 보험 회사가 있는 5층의 엘리베이터 문이 열렸다. 순간 단발머리의 젊은 여자가 시야에 들어왔다. 여자는 한쪽 다리를 절룩거리며 엘리베이터를 타기 위해 달려오고 있었다. 걸음을 옮길 때마다 가슴이 지나치게 출렁거렸다. 나는 가슴이 좀 더 작았으면 여자 자신이나 보는 사람들이 부담 없을 거라는 생각을 하며 그녀를 위해 열림 버튼을 눌러주었다. 그런데 그녀는 고맙다는 인사는커녕 어떠한 표시도 하지 않았다. 오히려 뻔뻔스러울 정도로 내 시선을 무시했다. 호의를 호의로 받아들이지 못하는 모습. 그녀의 온몸엔 호의를 동정으로 오해하는 특유의 과잉 방어 자세가 배어 있었다. 나는 그녀의 뒤통수를 한 대 갈겨주면 속이 후련할 것 같았다. 하지만 예전의 내가 아니었다. 나는 그런 여자를 무너뜨리는 더 좋은 방법을 알고 있었다.

엘리베이터 안에는 그녀와 나 외에 구겨진 남방을 입은 남자가 한 명 더 있었지만 나는 마음속으로 일차 작업 개시! 하고 외쳤다. 우선 그녀에게 다정하게 속삭였다. 당신 눈이 참 예쁘군요. 엘리베이터가 10층을 통과할 때까지 눈이 맑다고, 눈이 보석 같다고 두 번 더 속삭였다. 그러자 그녀가 으르렁거리듯 미친 자식! 하고 욕을 했다. 하지만 나는 포기하지 않고 집요하게 속삭였다. 눈이 예뻐서 예쁘다고 하는 사람에게 욕을 하는 걸 보니 당신은 단단히 꼬인 사람이군요, 다리 때문인가요? 여자는 충격을 받은 듯 미동 없이 서 있었다. 그러다가 17층에서 구겨진 남방이 내리자 왈칵 눈물이 담긴 음성으로 나쁜 자식! 하고 외쳤다. 미친 자식이 아니고 나쁜 자식이라? 나는 기다렸다는 듯 그녀를 벽으로 밀어붙였다. 그리고 망설임 없이 그녀의 입술을 덮쳤다. 일차 작업 완료! 나는 24층에서 엘리베이터를 내리며 거의 정신이 나가 있는 그녀에게 말했다. 너와 하고 싶다.

두 시간 뒤 1층 로비에서 다시 만난 그녀는 잘 길들여진 고양이처럼 굴었다. 내 말이나 행동에 아무런 이의를 달지 않았다. 쓸데없이 입을 열지도 않았다. 미친 자식! 하고 으르렁거렸던 여자라는 사실이 믿어지지 않을 만큼 얌전하게 굴었다. '장미향' 이라는 모텔로 들어갈 때까지 손을 잡아도, 어깨에 팔을 둘러도, 얼굴을 만지고 가슴을 만져도 가만히 있었다. 내가 숨을 죽이고 누워 있는 그녀 위로 올라갔을 때서야 남자와 자는 것이 처음이라고 울먹이며 딱 한 마디 했다. 처음부터 내 위로 올라타 비명을 지르던 아내와는 대조적이었다.

그녀의 다리는 오른쪽이 7센티미터 정도 짧았다. 그녀는 그 다리를 절대로 보여주지 않았다. 다음에, 다음에, 하고 계속 미뤘다. 내가 그녀를 세 번이나 만난 것이 그 다음에, 라는

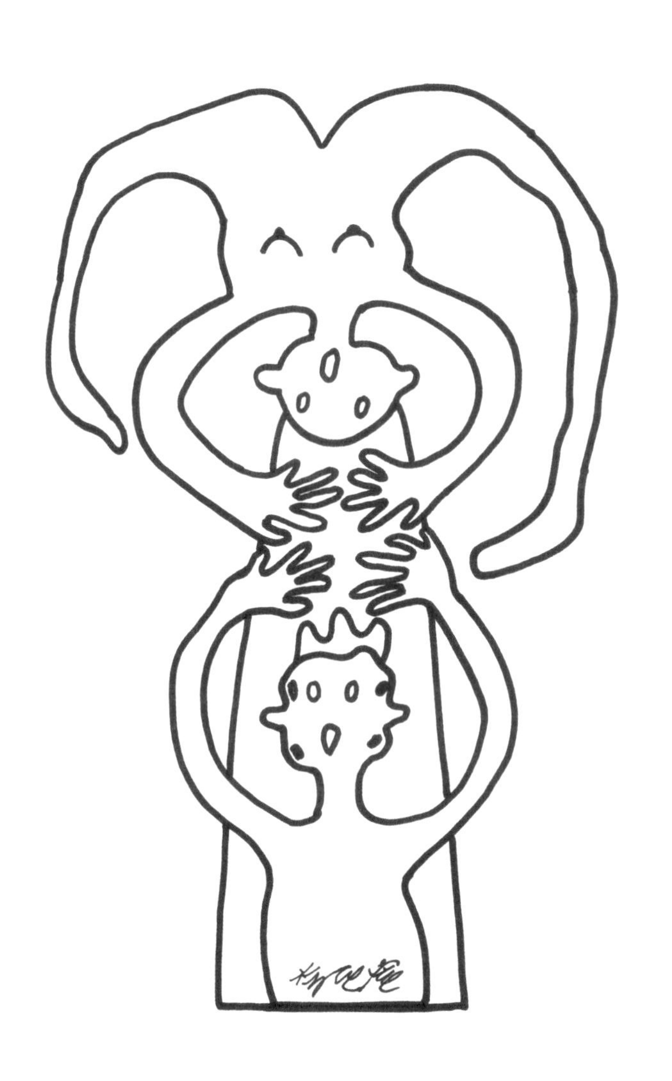

약속 때문인지는 나로서도 알 수 없는 일이었다. 하지만 나는 그녀를 만나면 다리를 보자고 실랑이를 벌이다가 적당한 선에서 못 이기는 척 물러나 다음을 약속하는 이해할 수 없는 행동을 반복했다. 그건 그녀도 마찬가지였다. 섹스를 할 때엔 이불이 달아나건 말건 드러내놓고 있다가 섹스가 끝난 뒤엔 이불 속으로 다리를 꼭꼭 감추는 거였다. 실상 나는 그녀의 다리를 본 거나 마찬가지였다. 그 모양새를 정확히 파악하고 있었다. 무릎 아래가 안쪽으로 약간 뒤틀려 있고 바깥쪽 발목뼈가 유난히 튀어나온 것까지 말이다. 다 보여준 걸 가지고 다음에 보여주겠다는 건 뭔지. 다 본 걸 가지고 다음에 보겠다는 건 또 뭔지.

하지만 나는 결국 그녀와 헤어지기 위해 그녀의 다리를 열심히 들여다보았다. 그녀는 두 눈을 꼭 감고 있었다. 나는 그녀의 다리를 내려다보며 이제 다리 때문에 부끄러워하지 말고 남자도 만나고 섹스도 하고 즐겁게 살라는 둥 말도 안 되는 얘기를 지껄여댔다. 그러자 그녀가 한숨을 내쉬며 사랑해요, 하고 작은 목소리로 말했다. 나는 그녀의 말을 못 들은 척했다. 그녀의 감긴 눈에서 눈물이 흘러내렸지만 더욱 집요하게 뒤틀린 다리만 들여다보았다. 한 여자를 세 번 이상 만날 수는 없는 일이었다. 사랑은 없다!

그녀도 이런 심정이었을까. 나는 조영식, 그녀에게 몹쓸 짓을 했다는 생각을 하며 진찰대에 누워 바지를 내렸다. 어쨌든 자신의 치부를 드러내는 건 비참한 일이었다. 나야 치료를 받기 위해서라지만 그녀는 무엇 때문에 눈물을 흘리면서까지 자신의 다리를 보여준 건지 모를 일이었다. 나는 여의사가 다가오자 그녀처럼 눈을 꼭 감았다. 여의사는 조금도 주저하지 않고 내 성기를 만졌다. 이쪽저쪽으로 넘겨보고 잡았다 늘였다 하며 자세히 살폈다. 나는 민망스러웠다. 엉덩이가 절로 뒤로 빠지고 다리가 자꾸만 안으로 오므라들었다. 여의사는 내 무릎을 누르며 말했다. 다리 좀 쭉 펴보세요, 제가 여자라서 불편해요? 나는 황철수가 본명이냐고 되묻는 것으로 불편한 마음을 드러냈다. 그런데 그것이 문제였다. 여의사는 훅, 하고 숨을 내쉬더니 입을 꼭 다물었다. 여자의 웃음을 한방에 날리고 싶었던 나는 다시 한 번 간판엔 황철수 비뇨기과라고…… 하며 말끝을 흐렸다. 그러자 여의사는 거친 손길로 내 성기에 차가운 금속성의 뭔가를 대본 뒤 매정하게 말했다. 한국인의 평균 음경 길이는 이완 시엔 7.5센티미터이고 발기 시엔 11.2센티미터입니다. 지금 7.8센티미터면 작은 게 아닌데, 뭐가 문제죠? 그러면 줄어들기 전 원래 길이가 10센티미터 이상이라도 됐다는 거예요? 발기 시엔 20센티미터도 넘었겠네요? 나는 여의사의 공격적인 말투에 주눅이 들었다. 그대로 눈을 감은 채 기어들어가는 소리로 겨우 대답했다.

“지금보다는 훨씬 컸던 거 같아요.”

“같다뇨?”

"……."

"어휴, 답답해."

여의사는 자신의 가슴을 두어 번 치더니 이성을 잃고 떠들기 시작했다. 다 끝났으니까 눈 좀 떠봐라, 이제 그만 일어나라, 그 바지도 좀 빨리빨리 올릴 수 없느냐, 병원에 왔으면 증세를 정확히 얘기해야 병을 고칠 게 아니냐, 그럴 거면 도대체 여긴 왜 온 거냐, 당신 같은 환자는 처음 봤다. 나는 어처구니가 없고 기분이 나빴지만 아무 말도 못 하고 바지를 올렸다. 진찰대에서 내려서며 여의사가 폭발하듯 화를 내는 이유를 곰곰이 생각해 보았다. 대단한 이유가 있지 않은 한 의사가 환자에게 그런 식으로 말하는 건 있을 수 없는 일이었다. 여의사의 이름이 정말 황철수라면 말이다. 그러니까 여의사는 황철수가 아니기 때문에 그것을 따지는 내가 두려워 과잉 반응을 보이는 거라고 여기며 나는 신발을 신었다. 그리고 타워 크레인 위에서 내가 효주에게 했던 말을 떠올리며 여의사에 대한 감정을 누그러뜨렸다. 인질 협상가인 나도 자살을 기도하는 사람에게 죽을 거면 시간 끌지 말고 빨리 뛰어내리라고 하지 않았는가. 그 당시 나의 모습에 비하면 여의사의 행동은 아무것도 아니었다.

다시 여의사와 마주 앉은 나는 지금까지와 달리 그녀의 질문에 적극적으로 대답하기 시작했다. 열 번의 성관계 중 일곱 번 이상을 만족스러운 발기 상태로 사정해야 정상인데 그런

점에서 문제는 없었느냐고 물을 땐 아내와 별거를 하고 백 명도 넘는 여자들과 잤지만 발기가 안 된 적은 단 한 번도 없었다고 숨김없이 말했다. 게다가 여자가 고양이과에 속한다는 얘기까지 하면서 조영식이라는 여자와는 왠지 쉽게 헤어질 수 없었다는, 여의사가 묻지도 않은 말까지 해댔다. 언제부터 그런 증상이 나타났냐고 물을 때도 헬리콥터 여섯 대가 일렬로 지나간 때부터라고 하지 않았다. 정말 부끄러웠지만 창피를 무릅쓰고 여자 크로마뇽인 유령에게 성폭행을 당한 뒤부터라고 솔직하게 대답했다. 아무리 생각해도 그건 성폭행이었다.

크로마뇽인 유령이건, 전설 속에서 튀어나온 괴물이건 간에 내가 녀석을 여자라고 확신한 순간 녀석은 욕조에서 감쪽같이 모습을 감췄다. 나는 두 눈으로 녀석의 모습이 사라지는 장면을 생생하게 목격했다. 그것은 만화 영화처럼 짠! 하고 단번에 사라지는 식이 아니었다. 찐득거리고 질 나쁜 지우개로 목탄화를 지울 때와 비슷했다. 가장자리부터 형태가 뭉그러지면서 검푸른 덩어리로 꿈틀꿈틀 뭉쳐 있다가 홀로그램이 사라질 때처럼 희미해지더니 기체로 변하면서 어른어른 없어졌다. 얼굴 부분이 맨 마지막까지 남아 있었는데 나와 녀석은 그때까지도 서로의 눈을 뚫어지게 응시했었다. 나는 다시금 녀석과 나의 관계가 죽음의 의식을 치르는 포식자와 먹잇감 같다는 생각이 들었지만 그래도 안도의 한숨을 내쉬었다.

하지만 그것으로 크로마뇽인 유령이 완전히 사라진 것은 아니었다. 녀석이 모습을 감춘 그 순간부터 나는 내 의지와 상관없이 움직이기 시작했다. 녀석의 모습이 사라지자마자 욕실 밖으로 뛰쳐나갔는데 기막히게도 내 몸은 욕조 안에 들어가 있었고, 그 사실에 소스라치게 놀라 욕조 안에서 벌떡 일어났는데 그대로 누운 채 몸이 아닌 성기가 벌떡 서 있었고, 뭔가 내리누르는 느낌에 저항하느라 몸부림을 쳤는데 숨을 헐떡거리며 보이지도 않는 구멍에 성기를 박아대고 있었다. 나는 욕조 물속에 정액을 뿜어놓은 뒤에야 가까스로 내 의지대로 움직일 수 있었다.

선생님, 바로 그 일이 있고 난 뒤부터 제 성기가 줄어들기 시작한 겁니다. 요즘엔 점점 줄어들어 여자처럼 몸 안으로 들어가버릴 것 같아 잠을 잘 수가 없습니다. 나는 거의 울상을 지으며 여의사에게 하소연을 했다. 다행히 그녀는 내 말을 진지하게 들어주었다. 푸하!거리지도 않았고 공격적으로 말하지도 않았다. 이상적인 의사의 표정으로 음경왜소콤플렉스가 의심되지만 아직은 정확한 판단을 내릴 수 없겠다고 부드럽게 말했다.

하지만 여의사는 진료 카드에 코로(Coro)라고 적고 물음표를 찍어놓은 뒤 다시 말을 이었다. 크로마뇽인 유령을 만나기 전에 무엇을 하고 있었어요? 나는 하루 종일 뒹굴거리며 네 편의 컬트 영화를 본 것과 조영식, 그녀를 피하느라 전화를 받지 않은 것 외엔 뚜렷이 기억나는 게 없었다. 때문에 비디오로 컬트 영화를 보았다는 얘기만 해주었다. 여의사가 음경왜소콤플렉스를 들먹인 것과 진료 카드에 코로라고 적어 넣은 것이 마음에 걸린 때문이었다. 사실 나는 정상적인 크기의 성기를 가지고도 스스로 성기가 작다고 고민하는 음경왜소콤플렉스도 아니었고, 문란한 성생활을 하는 남자가 죄의식에 시달려 멀쩡한 성기를 놓고 줄어들었다고 호소하는 병인 코로도 아니었다. 나는 진짜로 성기가 줄어들고 있었다. 그런데 내가 크로마뇽인 유령을 만나기 전 내내 조영식, 그녀의 전화가 신경 쓰여 힘들었다고 하면 여의사는 분명 조영식, 그녀와 나 사이에서 치료 방법을 찾으려 할 것이 뻔했다. 뿐만 아니라 내가 크로마뇽인 유령을 만난 것도 도덕성이 무너진 정신병자의 망상으로 진단하고 우선 정신과 치료를 받아보는 게 어떻겠냐고 권할 것이 뻔했다. 나를 정신병자로 몰아가려 하다니, 어림없는 일이었다.

사랑은 없다!

나는 사랑은 없다는 말을 필사적으로 되뇌며 여의사를 바라보았다. 여의사는 의료용 흡혈 거머리 같은 검붉은 입술을 달싹거리며 나에게 뭔가를 열심히 설명하고 있었다. 입술이 섹시했다. 일차 작업 개시! 나는 자리에서 일어나 여의사 앞으로 다가갔다. 나의 갑작스러운 행동에 놀라 의자에서 벌떡 일어나는 그녀의 어깨를 눌러 도로 의자에 주저앉혔다. 그리고 의료용 흡혈 거머리 같은 검붉은 입술을 핥기 시작했다. 그러자 여의사는 얼굴을 심하게 일그러뜨리고 입을 앙다문 채 고개를 내둘렀다. 하지만 몇 분 뒤부터 갑자기 입을 벌려 내 혀를 적극적으로 빨아들이기 시작했다. 성기가 팽팽하게 부풀어 오른 나는 바지를 내리며 속으로 외쳤다. 일차 작업 완료! 하지만 다음 순간 소스라치게 놀라 여의사를 밀어버렸다. 나와 키스를 하던 중, 여의사의 턱이 갑자기 앞으로 쭉 밀려 나오더니 광대뼈가 두드러진 크로마뇽인 유령의 모습으로 변한 때문이었다.

푹 꺼져버린 성기를 두 손으로 부여잡고 나는 그 자리에 주저앉았다. 고개를 수그리고 아랫도리를 내려다보았다. 성기가 점점 작아지고 있었다. 이럴 수가! 나는 점점 작아지다가 급기야 몸속으로 빨려 들어가고 있는 성기를 보며 온몸을 부들부들 떨었다. 잠시 뒤 성기가 있던 자리에 어느새 검붉은 구멍이 나 있었다. 나는 그것을 보지 않으려고 눈을 감아버렸다. 하지만 구멍 속으로 몸의 일부가 빨려 들어가는 느낌이 들어 진저리를 치며 다시 눈을 떴다. 검붉은 구멍 속으로 쭈글쭈글 해진 내 허벅지, 내 아랫배, 내 무릎, 내 가슴이 차례차례 말려 들어가고 있었다. 구멍은 내 육체의 블랙홀이었다. 아니, 내 영혼의 블랙홀이었다. 무덤으로 들어가는 구멍, 구멍으로 들어가는 무덤……. 나는 공포에 질려 크로마뇽인 유령을 올려다보았다. 그러자 크로마뇽인 유령이 히죽히죽 웃으며 이기죽거렸다.

"너에게서 네가 다시 태어날 수 있을까?"

고양이 변주곡

세상은 온통 고양이들과 그 숭배자들이 장악하고 있었다. 케이의 아내는 불과 몇 시간 만에 완전히 달라진 거리 풍경에 당황했다. 이번엔 무사하지 못할 거라는 불길한 예감마저 들었다. 역시 자동차가 집 앞 골목으로 들어섰을 때 검은 복장을 한 고양이 숭배자들이 그녀를 기다리고 있었다. 그들은 하나같이 마스크로 얼굴을 가리고 검은 모자를 눌러쓰고 있었다. 여기저기 흩어져 서성거리고 있다가 그녀를 태운 승용차가 골목 안으로 들어서자 민첩하게 움직였다. 그녀는 그들이 자신을 잡으러 왔음을 직감했다. 그래서 운전을 하고 있는 '쉬' 발음의 남자가 브레이크를 밟으며 오늘 패션쇼에 와줘서 고마워요, 하고 작별 인사를 건네자 당혹스러웠다. 저들이 보이지 않는단 말인가. 그녀는 전면 창밖을 손가락으로 가리키며 외쳤다. 저기! 안 돼, 멈추지 말아요. '쉬' 발음의 남자는 그녀가 가리키는 곳을 살펴보았다. 아무것도 없었다. 왜? 하는 표정으로 그녀를 쳐다보았다. 그러자 그녀가 몸을 낮게 수그리며 다시 외쳤다. 그냥 돌진해 버려! 하지만 그녀의 외침은 입 밖으로 튀어나오지 않았다. 대신 그녀의 손을 거쳐 사라져간 고양이들의 괴상한 울음소리가 흘러나왔다.

"캬아옹, 냐옹, 미아옹."

케이의 아내는 세 마리의 고양이를 키웠다. 그리고 그것을 모두 잡아먹어 버렸다. 처음부터 그럴 계획 아래 고양이를 집으로 들인 것은 아니었다. 어쩌다 보니 그렇게 되었다. 첫 번째 녀석은 드라이브 중 우연히 들른 강가의 유원지에서 주워온 놈인데 '쉬'라고 불렀다. 함께 드라이브를 했던 사람이 말을 할 때 쉬, 하고 바람 빠지는 소리를 냈기 때문에, 그날 저녁 그가 한 말들을 되새겨 보다가 갑작스럽게 붙인 이름이었다. 의상 디자이너인 그가 나중에 몇 번 고양이에 대해 물어봤지만 그녀는 녀석의 이름이 쉬, 라는 말은 하지 않았다. 그의 치부를 건드리는 것 같아서였다. 그녀는 상대의 치부를 건드리는 일은 절대로 하면 안 된다는 생각을 갖고 있었다. 그녀의 남편인 케이를 보더라도 그건 정말 천벌을 받을 일이었다.

케이의 아내는 외음부 무모증이었다. 쉽게 말해 아래에 털이 나지 않은 여자였다. 머리카락이나 겨드랑이 털은 이상이 없는데 거기만 그랬다. 그것 때문에 그녀는 언젠가 의사를 찾아간 적이 있었다. 앞머리가 빠진 의사로부터 선천적이니 유전적이니 하는 말을 들으면서 그녀는 자신의 무모증을 고칠 수 있겠느냐고 물어보았다. 그러자 그 의사는 이런 대답을 해주었다.

"자가모(自家毛) 이식 수술을 통해 간단히 해결할 수 있습니다. 뒷머리에서 머리카락을 채취한 후 머리카락을 한 올씩 분리하여 단일모를 만든 다음 음부에 자연스러운 털의 방향을 디자인한 후 한 올씩 심는 방법을 사용합니다. 심은 후 음모가 금방 자라는 것은 아닙니다. 이 주에서 한 달 반 정도에 걸쳐 뿌리를 남겨놓은 채 탈모가 일어나는데 그다음부터 자라기 시작합니다. 시술 후 성행위에는 전혀 문제가 없을 뿐만 아니라 다른 일상생활에도 전혀 영향을 받지 않습니다. 다만 심은 음모를 가끔씩 잘라줘야 하는 불편은 있습니다."

케이의 아내는 음모가 자라 무릎까지 닿은, 웃겨도 웃지 못할 자신의 모습을 상상하며 가끔씩 잘라주면 감쪽같게 보이기는 하느냐고 물어보았다. 의사가 보여준, 시술한 사람의 음부 사진이 부자연스러워 보인 때문이었다. 일렬로 줄 맞춰 심어놓은 모판 같았다. 의사는 고칠 수는 있지만 정상인처럼 감쪽같을지는 잘 모르겠다고 애매한 대답을 했다. 그럼 누가 안

단 말인가. 감쪽같이 고치지도 못할 거면서 왜 아랫도리를 벗기고 한참 동안 이리저리 만져본단 말인가.

그녀는 탈모 전문의의 앞머리가 듬성듬성한 것이 이상하게 여겨졌지만 시키는 대로 옷을 벗고 진찰을 받은 자신의 어리석음을 자책하며 병원을 나왔다. 그리고 그다음부터 무모증을 고쳐야겠다는 생각을 절대로 하지 않았다. 또한 아무에게도 자신이 무모증이라는 것을 말하지 않았다. 대중목욕탕에도 가지 않았고, 수영장이나 땀을 흘리고 샤워를 해야 하는 헬스클럽 같은 곳에도 가지 않았다. 그 유행하는 찜질방에도 가지 않았고, 심지어 옷을 입어도 풀어헤치지 않고 꼭꼭 몸을 싸매듯 항상 단추를 채워 입었다. 그녀의 사정을 알지 못하는 사람들은 그런 그녀를 보고 단정한 요조숙녀라고 말했다. 걸핏하면 계집애가! 하고 두 언니를 질책하는 그녀의 아버지까지도 남자친구 한 번 사귀지 않고 공부만 하는 그녀를 누구보다 신뢰했다. 대학을 졸업하고 결혼 얘기가 나오는 것이 두려워 유학을 가겠다고 하자 당연한 듯 받아들여 주었다.

마치 석녀처럼 지내는 그녀의 인생에 남편 케이가 끼어든 것은 유학 시절이 끝날 무렵이었다. 그녀가 세 들어 있는 건물 아래층에 인도인 유학생이 살고 있었다. 인도에서 온 유학생들은 한결같이 왕자나 공주들로 몸종을 한 명씩 달고 다녔다. 그 인도 유학생에게도 역시 몸종이 하나 있었다. 그런데 어느 날 그 몸종이 그의 곁을 떠나버렸다. 왕자인 그는 공부를 못하는 반면 몸종이 뛰어나게 공부를 잘해 그를 아끼던 교수가 학교를 옮기면서 데려가버린 것이었다. 몸종이 없으면 아무것도 할 수 없는 인도 유학생은 더 이상 학업을 계속하지 못하고 자기 나라로 돌아가야만 할 처지에 놓였다. 그런 인도 유학생의 사정을 주인 여자로부터 들은 그녀는 실소를 금하지 못했다. 어쩌다 마주치면 눈동자에서 반짝반짝 빛이 나던 매력적인 인도 유학생의 몸종을 떠올리며 인생이 드라마 같다는 생각을 했다. 그러던 중, 그녀는 또다시 주인 여자로부터 어느 한국인 남학생이 인도 유학생과 함께 생활하기로 했다는 얘기를 들었다. 그 한국 남학생이 인도 유학생의 공부를 도와주고 형처럼 돌봐주기로 했다는 거였다. 그가 바로 케이였다. 그녀에게 있어 케이와 만나게 된 우연의 이면엔 인도 유학생이 자연스럽게 개입되어 있었던 것이다.

하지만 케이가 기억하고 있는 그녀와의 첫 만남은 달랐다. 케이는 그녀에게 접근하여 결혼을 하기 위해 인도 유학생을 이용한 것이었다. 그녀의 아버지가 영향력 있는 정치가라는 사실 때문이었다. 케이는 정치학도였고 정치인이 되고자 하는 야심으로 가득 찬 젊은이였다. 가난한 홀어머니 밑에서 자라 국비 유학생이 되었지만 혼자 힘으론 꿈을 이룰 수 없다는 것을 너무나 잘 알고 있었다. 인도 유학생에게 그녀에 관한 이야기를 듣는 순간 그녀를 필히 자신의 아내로 만들기 위한 은밀한 시나리오를 작성했다. 그리고 그 시나리오를 그가 정계에 진출할 때까지 착오 없이 진행시켰다.

"이거 때문이었어? 그래서 결혼하자는 날 자꾸만 피한 거였어? 뭐가 문제가 되는데? 성생활? 임신? 출산? 이게 어째서 결혼을 못 할 이유가 된단 말이야, 이 바보야! 내가 사랑한다는데."

그녀를 처음 안았을 때 케이는 아무렇지도 않게 그녀의 털 없는 아래를 쓰다듬으며 말했다. 그녀는 결혼을 해주지 않으면 죽여버리겠다고 달려드는 그에게 반강제적으로 옷이 벗겨졌지만 그의 한 마디 한 마디에 말할 수 없이 행복했다. 그래서 앞뒤 따지지 않고 그 자리에서 즉시 결혼을 승낙했다. 한국으로 돌아올 때까지 그와 잠시도 떨어져 있지 않았다. 늦바람이 무섭다는 말이 실감 날 정도로 미친 듯이 그에게 집중했고, 오로지 그를 위해서만 시간을 보냈다. 그리고 한국에 돌아와서는 약간 치매 기운이 있는 그의 어머니를 모시고 있으면서 그가 공부를 마치고 돌아오기만을 기다렸다. 유학 중 딴 박사 학위는 처박아두고 요리 학원을 다니며 오로지 그의 아내가 되기 위한 시간을 보냈다. 그녀의 부모는 그녀를 이해할 수 없었지만 그녀가 단 한 번도 허튼짓을 하지 않았기에 차근차근 그녀의 설명을 들어주었다. 특히 아들이 없는 것에 한이 맺힌 그녀의 아버지는 그가 아버지 아들이 되어줄 거예요, 하고 그녀가 속삭이자 더 이상 문제 삼지 않았다. 그녀의 아버지는 케이를 만나자마자 자신의 젊었을 때와 똑같다며 무척 좋아했다. 케이의 어깨를 수없이 두드리며, 남자가 그런 야망은 있어야지, 남자가 그런 배짱은 있어야지, 남자가, 남자가…… 하면서 호탕하게 웃어대기까지 했다. 하지만 얼마 지나지 않아 그녀는 케이와의 결혼을 후회하기 시작했다.

케이는 누군가 자신의 몸을 만져주는 것을 무척 좋아하고 원했다. 그녀는 그런 케이에게 전생에 애완동물이었던 모양이라고 놀리기까지 했다. 그러면서 거의 매일 밤 그가 잠들 때까지 그의 몸을 만져주었다. 그녀는 그를 진정 사랑했기에 그가 잠든 뒤에도 그의 몸을 어루만지면서 새벽까지 행복감에 젖어 앉아 있곤 했다. 하지만 결혼한 지 일 년도 되지 않아 그녀의 행복은 깨져버렸다.

어느 날 밤, 그녀는 고양이에게 얼굴을 할퀴는 기분 나쁜 꿈을 꾸고 잠에서 깨어났다. 그런데 옆에 누워 있어야 할 남편 케이가 없었다. 그녀는 부엌에서 물을 마시다가 이상한 예감이 들었다. 설마 하는 마음으로 그의 어머니 방문을 열어보았다. 그리고 그 자리에서 하얗게 굳어버렸다. 그의 어머니가 자신과 똑같은 자세로 앉아서 벌거벗은 채 잠들어 있는 그의 몸을 구석구석 쓰다듬고 있는 것이었다. 그의 어머니 왼손은 그의 이마 위에 얹혀 있었고, 오른손은 그의 다리를 거쳐 사타구니 깊숙이 들어갔다가 다시 나와 그의 성기를 잡고 있다가 미끄러져 내려가 둥글게 배를 문지르고 가슴께로 올라갔다. 조금도 거리낌 없이 퇴폐 영업소의 숙련된 아가씨처럼 그의 몸을 만지고 있어 그녀는 기겁을 했다. 더욱 어처구니없는 것은 그의 어머니의 반응이었다. 그의 어머니는 고개를 돌려 그녀를 빤히 쳐다보면서도 그의 몸에서 손을 떼지 않았다. 입을 쩍 벌리고 있는 그녀에게 뭐 하는 거냐고, 문 닫고 가서 자라고 오히려 손사래를 쳐댔다. 그녀는 완전히 할 말을 잃어버렸다. 싸구려 삼류 잡지에나 실릴 법한 일이 자신에게 일어났다는 사실을 도저히 믿을 수 없었다. 밤새 턱을 괴고 식탁에 앉아 생각에 잠겨 있었다. 그리고 이른 아침, 그가 그의 어머니 방에서 나와 도둑고양이처럼 살금살금 거실을 가로지르는 것을 보자 발작을 일으켰다. 몸을 부들부들 떨면서 고함을 지르다가 정신을 잃어버렸다.

케이는 두 번 다시 그런 일이 없을 거라고 그녀에게 단단히 맹세했다. 하지만 소용없는 일이었다. 그가 없는 대낮엔 포악스럽게 그녀를 대하던 그의 어머니가 보름 정도 지나자 밤마다 서럽게 울기 시작했다. 어머니가 그럴수록 그는 불안해 어쩔 줄 모르고 쩔쩔맸다. 무슨 수를 써서라도 어머니에게 달려가려고 들썩거렸다. 병들고 늙은 노인이 불쌍하지도 않느냐고, 어머니가 자신의 몸을 만지는 건 다른 마음이 있어서가 아니라 치매에 걸려 자신을 어린 아들로 착각하기 때문이라고, 그러니 너무 이상하게 생각하지 말라고, 말도 안 되는 소리로 그녀를 설득하려 했다. 그래도 그녀가 고개를 가로젓자 화를 내며 어머니 방으로 건너가버렸다. 나중엔 일주일이 멀다 하고 드러내놓고 그런 짓을 했다. 그녀가 쫓아가 고함을 지르고 미친 듯 날뛰면 아예 며칠씩 그녀의 방에 들어오지도 않았다.

그녀는 그와 그의 어머니 중 누군가 한 명이 죽기 전엔 해결되지 않을 일이라고 생각했다. 그렇다면 그의 어머니가 죽어야 마땅한 일이었다. 하지만 하루아침에 꼴깍, 하고 그의 어머니가 죽어버릴 리는 없었다. 그렇다고 언제까지 그런 해괴한 짓거리를 보고 있을 수도 없었다. 그녀는 그에게 이혼을 들먹이며 그의 어머니를 병원에 입원시키는 수밖에 없다는 결론을 내렸다. 하지만 그녀는 결국 생각대로 실행하지 못했다. 이혼도, 어머니를 입원시키는 것도 절대 안 된다는 그와 며칠간 전쟁을 치르는 사이 그녀에게 이상한 증상이 나타나기 시작한 때문이었다. 정확히 말해 우울증의 발병을 알리는 전구(前驅) 증상이 나타난 것이었다.

그녀는 머리가 아프고 몸 이곳저곳이 쑤셨다. 소화도 안 되고 기운이 없었다. 갑자기 만사가 귀찮아졌다. 그런데도 밤엔 잠이 오지 않았고 온갖 생각에 시달렸다. 또한 케이와 마주 앉으면 그의 어머니 얘기를 마무리 지어야 하는 데도 횡설수설 엉뚱한 말만 해댔다. 그녀는 자신의 어머니가 우울증에 시달리는 것을 보면서 자랐기 때문에 자신의 증세가 무엇이라는 것을 짐작했다. 그래서 지체 없이 자신의 어머니가 치료받던 병원을 찾아가 보았다. 안면이 있는 정신과 전문의는 그녀에게 입원 치료를 권했다. 하지만 그녀는 그럴 수 없었다. 그녀가 집에 없으면 그의 어머니가 매일 밤 고양이 같은 눈을 하고 그의 몸을 구석구석 더듬을 터였다.

정신과 전문의는 그녀에게 집에만 있지 말고 쇼핑도 하고 친구들과 어울리기도 하면서 즐거운 시간을 가지라고 충고했다. 그녀는 자신이 그와 그의 어머니의 추잡한 짓거리에 대해 입을 열지 않는 한 아무리 훌륭한 의사라도 자신의 병을 치료할 수 없을 거라는 생각이 들었다. 그러자 가슴이 답답했다. 누군가에게 자신에 관한 모든 이야기를 털어놓고 펑펑 눈물을 쏟고 싶었다. 그러면 속이 후련할 것 같았다.

답답한데 마음을 나눌 만한 친구는 없고, 기분 전환이라도 하려고 왔어요. 새로운 디자인 많이 나왔어요?

그녀의 말에 의상 디자이너인 '쉬' 발음의 남자는 자신도 답답한데 함께 드라이브나 하자고 제안했다. 그녀는 자신이 무모증만 아니었으면 대학 시절에 이렇듯 준수한 외모의 청년들과 데이트를 많이 했을 거라는 생각을 하며 웃음으로 그의 청을 거절했다. 하지만 이것저것 의상을 입어보고 구입을 하면서 수다를 떨어보아도 기분은 바뀌지 않았다. 결국 그녀는 '쉬' 발음의 남자에게 오늘 하루만 친구가 되어주겠느냐고 물었다.

'쉬' 발음의 남자는 상대의 비위를 맞추는 데 타고난 소질이 있었다. 또한 상대의 가슴속에 있는 얘기를 끄집어내는 데

비상한 재주가 있었다. 그녀는 그와 함께 있는 시간이 즐겁고 마음이 편했다. 그가 정신과 전문의보다 낫다는 생각까지 들었다. 때문에 하루만, 하고 시작한 데이트가 지속적으로 이어지기 시작했다. 어느새 아무에게도 하지 못했던 말까지 하는 허물없는 사이가 되어버렸다. 그래서 그녀는 '쉬' 발음의 남자가 자신의 활동 무대를 넓히느라 파리로 떠났을 때 무척 섭섭했다.

"저 녀쉭을 보니까, 쏴모님 쉬어머님께 애완동물을 쏴드리는 것도 좋을 것 같다는 쉥각이 드네요."

강가 유원지에서 새끼 고양이를 발견했을 때 '쉬' 발음의 남자는 특유의 말투로 얘기했다. 마침 그의 어머니를 떠올리며 '쉬' 발음의 남자와 같은 생각을 하고 있던 그녀는 그렇지? 내가 왜 진작 그 생각을 못했는지 모르겠어, 하고 맞장구를 쳤다. 그러자 그가 새끼 고양이를 집어 들고 말했다.

"복쫍하게 생각할 거 없고, 우쉰 이 녀석을 가져가 보쉐요. 이 녀석 귀엽게 쉥겼네. 깨끗이 목욕쉬키면 아주 예쁘겠쉬요."

궁여지책, 그녀는 그의 어머니가 케이를 만지는 대신 이 고양이를 만지고 만족한다면 정말 좋겠다는 생각을 하며 '쉬' 발음의 남자를 향해 고개를 끄덕였다.

다행히 그의 어머니는 그녀가 건네주는 새끼 고양이를 어린아이처럼 좋아하며 덥석 받아 안았다. 고양이의 이름이

'쉬'라고 가르쳐주자 그의 어머니는 쉬, 쉬, 하면서 녀석에게서 눈길을 떼지 못했다. 그리고 한동안 녀석에게 빠져 그녀를 덜 괴롭혔다. 녀석을 끔찍하게 위하면서 다른 사람은 만지지도 못하게 했다. 녀석을 끌어안고 자는 재미에 밤만 되면 우는 버릇도 확실하게 줄어들었다. 그것만으로도 그녀는 살 것 같았다. 이웃집의 발정 난 개가 하룻밤만 울어대도 신경이 쓰여 잠을 설치는데 매일 밤 들려오는 그의 어머니의 울음소리는 그녀를 미치게 만들었던 것이다.

아냐, 그럴 리가 없어!

어느 날 잠결에서조차 설마, 설마, 하며 고개를 내두르던 그녀는 번쩍 눈을 뜨고 옆 자리를 살펴보았다. 케이가 없었다. 전국구 의원으로 선출되게 해줘서 고맙다고 그녀의 아버지에게 전화를 한 뒤 오랜만에 두 번씩이나 그녀를 안고 잠이 든 케이였다. 우울증이 발병한 뒤 한 번도 꾸지 않았던 꿈을 꾸면서, 그가 살금살금 방을 빠져나가는 장면을 꿈에서 보고 잠에서 깨어난 그녀는 분노가 일었다. 그의 어머니 울음소리가 들려오지도 않았는데 그가 그의 어머니의 방으로 갔다는 사실을 도저히 용서할 수 없었다. 그녀는 자리에서 벌떡 일어났다. 점점 이성을 잃어가며 방 안을 서성거렸다.

그때, 문밖에서 새끼 고양이 쉬의 울음소리가 들려왔다. 그녀는 가능한 한 소리를 내지 않고 거실로 나갔다. 불을 켜지 않은 채 발뒤꿈치를 들고 거실 여기저기를 살펴보았다. 쉬는 작은 몸을 더욱 작게 말고 복도 끝 그의 어머니 방 앞에 웅크리고 있었다. 쉬의 두 눈이 어둠을 꿰뚫고 그녀를 바라보고 있었다. 그녀는 고양이까지 밖으로 내보내고 해괴한 짓을 벌이고 있을 그와 그의 어머니 모습을 떠올리며 진저리를 쳤다. 잠시 우두커니 서서 허공을 응시하고 있다가 야릇한 눈빛으로 쉬에게 다가갔다. 엉금엉금 기어가 한 손으로 쉬를 움켜잡았다. 그러자 쉬가 야옹, 하고 본능적인 위기감을 느끼며 발버둥을 쳐댔다. 쉬의 날카로운 발톱이 그녀의 손등을 파고드는 것이 느껴졌지만 그녀는 이를 악물고 녀석을 부엌으로 들고 갔다. 그러고는 냉장고 앞으로 사정없이 집어던졌다. 하지만 녀석은 그녀의 의도와 달리 앙칼지게 야아옹! 하고 울면서 사뿐히 내려앉더니 재빨리 식탁 밑으로 들어가 버렸다. 그녀는 약이 올랐다. 아니, 그녀는 자신이 엉뚱하게 새끼 고양이 쉬에게 분풀이하고 있다는 것조차 의식하지 못한 채 무턱대고 씩씩거렸다. 자신이 거의 미치광이 상태라는 것도 모르고 집요하게 쉬를 학대하는 일에 매달렸다.

그녀는 부엌과 거실 사이의 미닫이문을 살짝 들어 올려 소리나지 않게 닫았다. 허리를 굽혀 식탁 밑의 새끼 고양이 쉬를 살핀 뒤 싱크대를 열고 찜통을 꺼냈다. 그곳에 반 정도 물을 채우고 가스레인지 위에 올려놓았다. 물이 부글부글 끓어오를 때까지 바닥에 앉아 쉬를 노려보았다. 쉬는 잔뜩 겁에 질려 쉰 소리로 불안정하게 울어댔다. 그녀는 새끼 고양이 쉬를 산 채로 뜨거운 물에 집어넣어야 할지, 숨통을 끊은 다음에 집어넣어야 할지 궁리하다가 식탁 밑으로 기어들어 갔다. 쉬는 앞발을 들어 올려 그녀를 할퀴려고 애를 썼지만 역부족이었다.

새끼 고양이 쉬는 그녀의 손에 뒷덜미가 잡혀 끌려 나왔다. 그녀는 싱크대 안에 쉬를 놓고 목을 찍어 누른 채 한 손으로 가위를 들었다. 그녀는 왠지 기분이 좋았다. 가위를 조금 벌려 거기에 버둥거리고 있는 쉬의 가느다란 발목 하나를 끼워 넣은 뒤 싹둑, 힘을 줬다. 어둠 속에서도 피가 뿜어져 나오는 것이 보였다. 자신의 손등에 무수한 상처를 낸 쉬의 네 발목을 차례차례 끊어낸 그녀는 아직 숨이 붙어 있는 녀석을 찜통 안으로 던져버리고 재빨리 뚜껑을 닫아버렸다. 끓는 물에 담긴 쉬가 버르적거리는 소리를 들으며 그녀는 싱크대를 깨끗이 닦았다. 쉬의 잘린 네 발은 버리려다가 비닐봉지에 넣어 냉동실 깊숙이 넣어두었다. 그리고 얼마 뒤 주먹만 하게 오그라든 새끼 고양이 쉬를 들고 뭉텅뭉텅 털을 뽑아내며 또다시 알 수 없는 희열을 느꼈다. 그녀는 삼색 파프리카 잡채와 꽃빵이 차려진 중국식 아침 식탁을 떠올리며 고양이의 살점을 가늘게 채 썰기 시작했다.

새끼 고양이 쉬가 제물로 바쳐져 평화가 내린 듯 집 안은 한동안 조용했다. 물론 그의 어머니가 고양이를 찾아 한바탕 난리를 부렸지만 그가 이마에 M자 무늬가 있는, 가늘고 긴

매력적인 다리에 금빛 털을 가진 아비시니안이라는 값비싼 고양이를 구입해 오자 잠잠해졌다. 그는 고양이를 집으로 데리고 와선 이 정도는 돼야지, 먼저 그놈은 잡종이라서 꺼림칙했어, 차라리 잘 없어진 거야, 이게 아비시니안이라는 종류라니까 이름을 아비라고 하면 되겠네, 하고 말했다. 그녀는 아비? 하고 중얼거리며 고양이의 단단한 계란형 발끝을 쳐다보았다. 그러자 문득 쥐의 발목을 가위로 자르던 촉감이 손끝에서 되살아나 기분이 묘했다. 그녀는 심호흡을 하며 아비의 눈을 들여다보았다. 하지만 아비는 그녀의 마음과 상관없이 방울이 굴러가는 듯한 울음소리를 내며 그녀에게 다가왔다. 그리고 순진한 어린아이처럼 고개를 갸우뚱하며 재롱을 부렸다. 그녀가 아무런 반응을 보이지 않자 그의 어머니 품 안으로 쏙 들어가 빤히 올려다보며 그녀의 눈치를 살폈다. 그녀는 아비에게서 시선을 떼지 않고 그에게 물었다.

"울음소리가 아주 예쁘네요. 순한 종류인가 봐요?"

그는 그녀가 아닌 그의 어머니를 보며 대답했다.

"성격도 온순하고, 사람 소리에 반응도 잘하고, 애교도 많고, 나무 타기나 물놀이도 잘하고, 아무튼 고양이 중에 사람하고 어울려 노는 것을 가장 좋아하는 종류라나 봐. 벌써 하는 짓이 귀엽잖아. 쥐하곤 다르잖아."

아비가 돼지고기 대신 매콤한 중국식 수프 산라탕의 재료로 들어간 것은 그와 그녀의 결혼기념일 다음 날 새벽이었다.

또한 아비에게 정신이 팔려 한동안 잠잠했던 그의 어머니가 다시 울음소리를 내기 시작한 몇 시간 뒤이기도 했다. 결혼기념일이라서 그와 단둘이 중국 레스토랑에서 저녁 식사를 하고 집에 돌아온 그녀는 어머니, 오늘만큼은 제발! 하는 심정으로 잠자리에 들었다. 그의 팔을 베고 누워 오랜만에 그의 몸을 어루만지기 시작했다. 그러자 그가 그녀의 아래에 손을 대보더니 그녀의 팬티를 벗겨내고 서둘러 자신의 팬티도 벗어버렸다. 그러고는 그녀의 몸 위로 올라가 규칙적으로 움직이기 시작했다. 그녀는 그의 목을 힘껏 끌어안고 몇 달 만에 모처럼 생긴 성욕이 자신의 몸에서 빠져나가지 않도록 안간힘을 썼다. 그와 처음 섹스를 했던 순간들을 떠올리기도 하고, 클리토리스를 능숙하게 자극하던 '쉬' 발음의 남자의 손놀림을 생각하기도 하면서 버둥거렸다. 하지만 그녀는 어느 순간 몸에서 힘을 풀고 그를 밀어냈다. 우려했던 대로 그의 어머니의 청승맞은 울음소리가 들리기 시작한 때문이었다. 그의 어머니 울음소리가 들리자마자 그의 성기가 풀썩 꺼지더니 그녀의 몸에서 빠져나갔다. 그녀는 침대에서 일어나 팬티를 입으며 외쳤다.

"아! 더 이상 못 참겠어. 당신도 당신 어머니도 이젠 지긋지긋해!"

그녀의 외침에 케이는 조심스레 대꾸했다. 자신도 괴롭다는 거였다. 하지만 어쩌겠느냐며 주섬주섬 옷을 입었다. 그녀는 그런 그에게 입 꼬리를 비틀어 올리며 말했다.

"어쩔 수 없어서가 아니고 당신이 더 원하는 거 아냐?"

그 순간 그는 칼침을 맞은 사람처럼 움직임을 멈추고 그녀를 노려보았다. 하지만 그녀의 입에선 그를 비난하는 말들이 거침없이 쏟아져 나왔다.

"다들 미쳤어! 당신도 당신 어머니도 정상이 아니라고. 이대로 가다간 나까지 완전히 돌아버리겠어. 도대체 당신, 왜 그러는 거야? 정말 당신이 고통스럽다면 어머니가 울든 말든 그냥 내버려 두라고. 당신이 자꾸만 달려가니까 그러는 거 아니겠어? 난 아무리 생각해 봐도 어머니보다 당신을 더 이해할 수 없어. 당신이 변태 성욕자라는 생각을 떨쳐버릴 수 없다고. 아내인 나하고 할 때는 제대로 발기도 못하면서 어머니 앞에선 우뚝 솟아 있는 당신이 변태가 아니고 뭐냔 말이야!"

그는 입을 꼭 다물고 부들부들 떨면서 그녀 앞으로 가까이 다가섰다. 그녀는 한층 고조된 그의 어머니 울음소리를 들으며 그를 노려보았다. 그러자 그가 그녀의 얼굴 가까이 손가락질을 하며 말했다.

"어머니와 당신은 별개의 문제야. 분명하게 얘기해 줄까? 난 당신하고 있는 거보다 어머니하고 있는 게 좋아. 마음이 편하다고. 그런데 당신하고 있으면 어떤 줄 알아? 숨이 헉헉 막혀서 성욕이 생기기는커녕 있는 감정도 메말라 버리는 느낌이라고. 당신하곤 처음부터 그랬어. 난 처음부터 당신이라는 사람한테 성욕을 느껴본 적이 없다고!"

그녀는 한층 격앙된 음성으로 따지기 시작했다.

"처음부터라고? 그러면 나를 사랑한다면서 쫓아다닌 게 전부 진실이 아니었단 말이야? 처음 나를 안았을 때 나에게 들려준 말이 모두 거짓이었단 말이야? 난 그 한순간의 기억 때문에 지금까지 이 모든 것을 참고 견뎌왔는데, 당신과 당신 어머니의 괴상망측한 짓거리까지 감수하고, 우울증 치료까지 받으면서 당신을 이해하려고 노력했는데 정말 그랬단 말이야? 그러면 내가 무모증이어서 더 섹시하게 느껴진다는 말도 거짓이었단 말이야? 나쁜 자식!"

말을 하면서 점점 감정이 고조된 그녀는 결국 울음을 터뜨렸다. 그리고 반복해서 나쁜 자식이라고 욕을 하며 주먹으로 그의 가슴을 쳐댔다. 어머니 울음소리에 그녀의 울음소리까지 가세하자 케이는 머리가 터져버릴 것 같았다. 마구 몸부림치며 달려드는 그녀를 뿌리치고 매정하게 중얼거렸다.

"그래, 난 처음부터 당신의 그 무모증이 싫었어. 정말 구역질이 나서 견디기 힘들었다고."

그녀는 심한 충격을 받았다. 방문을 열고 나가는 그의 등에 대고 히스테릭하게 외쳤다.

"어디 가는 거야? 당신, 지금 어머니 방으로 가면 끝장인 줄 알아. 당장 우리 아버지에게 모든 사실을 알리고 이혼 소송을 하겠어!"

그런데 이상스러운 일이었다. 그가 그의 어머니 방으로 가지 않고 집 밖으로 나갔는데도 그의 어머니 울음소리가 뚝 그쳐버린 것이었다. 대신 평소엔 잘 울지도 않던 고양이 아비가 집 안을 돌아다니며 밤새도록 야옹, 야옹 울어대 그녀의 신경을 자극했다.

이른 새벽 그와 그의 어머니가 짜고 아비를 시켜 자신을 괴롭힌다는 생각에 사로잡힌 그녀는 누군가의 속삭임을 들었다. 뭐 하고 있어? 저 녀석이 너를 해치기 전에 먼저 공격해야 해! 그녀는 그것이 환청이라는 생각을 하지 못하고 알았노라고, 걱정하지 말라고, 쉬를 감쪽같이 해치운 것처럼 아비도 완벽하게 처리하겠노라고 흥분하여 대꾸했다. 그러고 나서 비장한 각오를 하고 방문을 열었다. 거실을 돌아다니던 아비는 그녀가 나가자 반색하며 팔딱팔딱 뛰어들듯 다가왔다. 그 순간 그녀는 또다시 누군가의 속삭임을 들었다. 절대 저런 제스처에 속으면 안 돼! 케이도 처음엔 얼마나 잘해 줬어. 너의 그곳에 입을 맞춰주기까지 했잖아. 그런데 이제 와선 구역질이 나서 괴로웠다고 소리치잖아. 저 녀석도 반갑게 다가와선 너를 할퀴고 달아나 버릴 거라고! 그녀는 알고 있다는 듯, 절대 속지 않을 테니 염려하지 말라는 듯 고개를 끄덕이며 아비의 머리를 쓰다듬었다. 그러면서 아비는 몸집이 있어서 쉬와는 다른 방법이 필요하겠지? 하고 나지막이 속삭였다. 그러고 나서 누군가에게 지시를 받듯 또다시 고개를 끄덕이더니 아비를 품에 안고 다용도실로 갔다. 그녀는 환청이 시키는 대로 우선 아비를 세탁기 속에 넣고 먹이를 주었다. 아비가 먹이를 먹는 사이 그녀는 필요한 장비를 준비했다. 그리고 눈을 번득이며 등산용 로프로 올가미를 만들어 천장의 노출된 쇠파이프에 걸고, 아비의 뒷다리 두 개를 함께 묶어 추를 달았다.

서너 시간 뒤, 그녀는 아비의 살코기를 새끼손가락 길이로 채 썰었다. 오징어도 깨끗이 손질해 가늘게 채 썰었다. 표고버섯과 목이버섯도 미지근한 물에 불려 가늘게 채 썰었다. 통조림 죽순은 물에 담가 냄새를 없앤 뒤 빗살 무늬를 살려 얇게 썰었다. 셀러리는 칼끝으로 섬유질을 벗겨 어슷하게 썰고, 두부는 도톰하게 채 썰고, 생강과 양파는 짧게 채 썰었다. 그러고 나서야 달군 팬에 기름을 두르고 생강 채와 마늘 채를 볶다가 아비의 오른쪽 절반을 푹 끓인, 뽀얗게 우러난 육수를 붓고 간을 했다. 누린내를 제거하기 위해 돼지고기로 만들 때보다 맛술을 훨씬 많이 넣고 된장도 한 수저 넣었다. 그곳에 채 썰어둔 모든 재료를 넣은 뒤에는 두반장 소스로 간을 하고 후추도 듬뿍 넣었다.

간을 맞춘 국물에 전분을 풀고 있던 그녀는 등 뒤에서 느껴지는 인기척에 고개를 돌렸다. 언제 들어왔는지 케이가 우두커니 서 있었다. 아침 조깅을 하고 들어올 때와 비슷한 모습이었다. 그녀는 그런 그에게 운동을 했느냐고 묻고 다시 고개를 돌려 걸쭉해진 산라탕을 들여다보았다. 그러자 그가 약간 풀이 죽은 음성으로 뭐 해? 하고 말을 걸었다. 그녀는 아무 일도 없었던 것처럼 당신이 좋아하는 산라탕 만들었어, 하고 대답한 뒤 조금 먹어보겠느냐고 물었다. 그는 응, 하고 대답하며 식탁 의자에 앉았다. 그녀는 조금 매콤할 거야, 하며 산라탕 담은 그릇을 그의 앞에 놓았다. 그러고 나서 자신도 작은 그릇에 조금 담아 그와 마주 보고 앉았다. 말없이 산라탕 한 그릇을 다 비운 그는 맛있네, 조금 더 주겠어? 하고 말한 뒤 잠시 머뭇거리더니 다시 입을 열었다.

"그래, 당신 말대로 할게. 이번 주 안에 어머니를 병원으로 보낼 테니까 우리 지난 일은 다 잊고 다시 한번 잘해 보자고. 당신 생각은 어때?"

그녀는 살코기를 듬뿍 떠서 그의 그릇에 담으며 대꾸했다.

"알았어요."

대답은 그렇게 했지만, 정작 병원으로 보내진 사람은 그의 어머니가 아니고 그녀였다. 아침으로 산라탕 한 그릇을 맛있게 비운 그의 어머니가 거실로 나가며 아비를 찾기 시작했고, 아비가 눈에 안 띄자 한바탕 소동을 부렸고, 그가 출근도 잊은 채 아비를 찾아 온 집 안을 뒤진 때문이었다. 다용도실 문을 열어본 그는 마구 구역질을 해댔다. 목이 잘린 아비의 동그란 머리통이 봉제 인형처럼 바닥에 나뒹굴고 있었고, 그 옆으로 금빛 털가죽이 피가 묻은 채 빨랫감처럼 구겨져 접혀 있었던 것이다. 그는 기절초풍할 듯한 얼굴로 심하게 말을 더듬

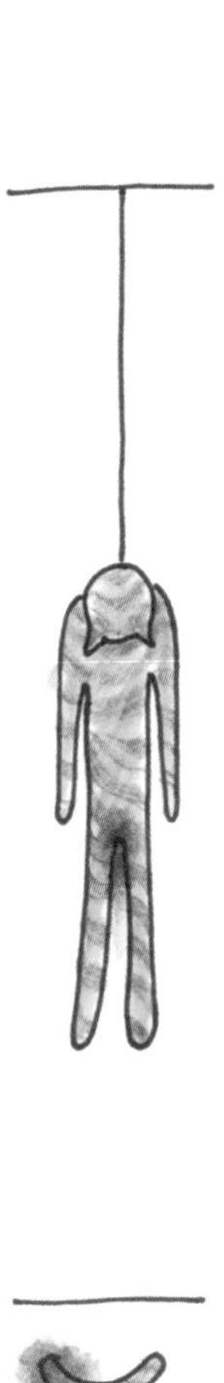

으며 그녀에게 외쳤다.

"다, 당신, 무, 무슨 짓을 한 거야! 미쳤어?"

그녀는 산라탕을 말끔히 비운 냄비를 닦으며 대꾸했다.

"뭘? 나도 모르는 일이에요. 당신, 어머니 병원에 보내지 않으려고 이런 일을 꾸며서 나한테 뒤집어씌우는 거 아냐?"

그녀는 정말 자신이 한 일이 정확히 기억나지 않았다. 쉬를 죽인 것은 모두 기억났지만 아비는 자신이 죽인 것 같지 않았던 것이다. 하지만 그녀는 그와 그의 어머니가 무슨 짓을 했는지는 정확히 말할 수 있었다. 그녀의 아버지에게 모든 사실을 알리겠다고 하자 치사하게 꼬리를 내리고 그의 어머니를 병원으로 보내겠다고 하던 그의 모습도 생생하게 떠올랐다. 그녀의 아버지는 그녀의 말을 듣자 지금은 안 되고 일주일 뒤에 퇴원시켜 주마, 그때까지 열심히 치료받고 회복을 해라, 케이는 내가 만나보마, 하고 대답하며 퇴원시켜 달라는 그녀를 달랬다.

그녀가 보름 만에 다시 집으로 돌아왔을 때, 케이와 그의 어머니는 여행을 가고 없었다. 집에는 핑크 빛이 도는 회색 샴고양이 한 마리와 새로 온 가정부가 있었다. 가정부는 케이에게 무슨 소리를 들었는지 고양이가 그녀의 눈에 띄지 않게 하려고 애썼다. 그녀가 거실로 나가면 고양이를 얼른 그의 어머니 방으로 들여보냈다. 그녀는 케이가 돌아오면 제일 먼저 가정부를 내보내야겠다는 생각을 했다. 하지만 케이가 여행에서 돌아온 뒤로 한참이 지나도록 가정부를 내보내지 못했다. 여행에서 돌아온 그의 어머니가 느닷없이 세상을 떠나 정신이 없었고, 그녀의 병이 계속 재발해 도저히 집안일을 할 수 없었기 때문이다.

그녀의 아버지에게 불려 간 케이는 선택의 여지가 없었다. 그녀의 아버지가 시키는 대로 할 수밖에 없다는 결론을 내렸다. 그의 어머니에게 간병인을 붙여 유료 양로원으로 보내는 게 좋겠다고 그녀의 아버지는 말했다. 그러고 나서 낮고 단호하게 그의 귀에 대고 속삭였다. 당장! 그는 그녀 아버지의 말이 떨어지기 무섭게 '실버타운'이라는 양로원을 물색했고 간병인까지 구했다. 만사를 제쳐놓고 그의 어머니와 마지막 여행을 떠났다. 그의 어머니는 그가 양로원 얘기를 꺼내기도 전에 모든 걸 알고 있다며 그의 마음의 짐을 덜어주었다. 그랬는데, 느닷없이 양로원으로 떠나기 하루 전날 약을 먹고 자살해 버린 것이었다.

그칠 줄 모르는 샴고양이의 울음소리에 잠이 깬 그녀는 눈을 감은 채 옆 자리를 더듬었다. 케이가 만져지지 않았다. 이젠 그의 어머니도 없는데 무슨 일인가. 그녀는 무거운 몸을 일으켜 세웠다. 발바닥을 질질 끌며 거실로 나갔다. 전등을 켜고 아줌마! 하고 불렀다. 하지만 가정부는 달려오지 않았다. 그녀는 머릿속으로 온갖 추잡한 상상을 하는 자신이 싫었지만 가정부의 방을 살며시 열어보았다. 다행히 가정부는 코를 골며 곯아떨어져 있었다. 어디로 갔단 말인가. 그녀는 고개를 갸우뚱하며 그의 어머니 방 쪽을 쳐다보았다. 일 년 가까이 잠겨 있는 방이었지만 그곳에서 샴고양이의 울음소리가 울려 나오고 있는 것 같아서였다.

그녀는 그의 어머니 방에서 벌거벗은 채 잠들어 있는 그를 보자 당혹스러웠다. 샴고양이가 야옹, 야옹거리며 그의 몸을 구석구석 핥고 있는 것이 께름칙했지만 얼른 방문을 닫아버렸다. 단걸음에 그녀의 방으로 돌아와 방금 전 본 광경을 잊어버리려고 애썼다. 그의 어머니가 세상을 떠난 뒤부터 도통 발기가 되지 않아 한 번도 그녀를 안지 않은 그였다. 아니 아예 성욕이 일지 않아 그녀뿐만 아니라 어느 여자의 몸도 탐할 수 없어 고통스럽다는 그의 몸이었다. 그런데 그런 그가 죽은 어머니의 방에서 성기를 수직으로 우뚝 세운 채 잠을 자고 있는 것이 아닌가.

그녀는 혼란스러웠다. 별 요상한 생각이 다 들었다. 죽은 그의 어머니 영혼이 샴고양이의 몸속으로 들어가 그의 곁에 머물러 있는 건 아닌지, 심지어 그가 샴고양이와 그 짓을 하는 건 아닌지. 그녀는 샴고양이의 행동을 눈여겨보기 시작했다. 치료 약을 먹으면 자꾸만 졸음이 쏟아져 약도 먹지 않고 샴고양이를 감시했다. 그러면서 점차 샴고양이 속에 그의 어머니 영혼이 깃들어 있는 게 틀림없다는 생각을 하게 되었다. 그가 집에 있을 때 샴고양이가 잠시도 그의 곁을 떠나지 않는 걸 봐도 그랬고, 그녀가 그의 곁에 가까이 가려고 하면 질투를 하며 울어대는 걸 봐도 그랬다. 또한 샴고양이는 그가 욕실에 들어가면 거기까지 따라 들어가 변기의 물을 내려주거나 샤워기를 틀어주기도 했고, 그의 서랍이 열려 있으면 손수건이나 양말 같은 것을 가져다주기도 했다. 그리고 그가 잠시만 한눈을 팔면 야옹, 야옹, 칭얼거리며 그에게 투정을 부릴 뿐만 아니라 그의 품에 안겨서만 잠을 잤다.

"샴고양이가 여러 고양이 중에 가장 영리한 종이에요. 어린아이처럼 생각하고 행동하기 때문에 베이비라고 불리기도 하지요. 주인이 눈길을 주지 않으면 일부러 과자 그릇 같은 걸 뒤엎어서 관심을 끌기도 하는 아주 영리한 고양이라고요. 심지어 자기 주인이 이성과 함께 있으면 온갖 짓거리를 해대며 질투를 하기도 하지요. 샴고양이를 키우면서 그것도 몰랐어요?"

정말 그것도 모르고 샴고양이를 길렀느냐는 표정으로 정신과 전문의는 되물었다. 그녀는 정말요? 정말 그 고양이가 원래 영리하기 때문에 그런 행동을 하는 거라고요? 만에 하나라도 그의 어머니 영혼이 들어가서 그런 게 아니라고요? 하고 재차 물었다. 그러자 정신과 전문의가 엄포를 놓았다. 그런 일은 절대 없으니까 자신의 말을 믿고 약을 꼭 챙겨 먹으라고. 고양이 감시한다고 이번에도 약을 먹지 않으면 다시 입원시킬 거라고.

케이의 아내는 병이 반복적으로 회복했다 재발했다 하는 것이 지겨웠다. 그의 어머니도 사라진 마당에 자신이 왜 아직도 시달려야 하는지 모르겠다는 생각이 들었다. 그래서 모든 잡념을 잊고 정신과 전문의가 시키는 대로 따르기 시작했다. 약을 시간 맞춰 먹으라면 먹고, 입원하라면 입원하고, 퇴원하라면 퇴원했다. 그렇게 한동안 시간을 보낸 끝에 드디어 약을 먹지 않아도 되겠다는 진단을 받았다. 그러자 많은 것이 달라졌다. 특히 케이를 대하는 그녀의 태도가 완전히 변했다. 그가 죽은 그의 어머니 방으로 짐을 옮기겠다고 했을 때에도 조금도 화가 나지 않았다. 어차피 서로의 몸을 건드리지도 않는 사이인데 한방을 쓸 이유가 없었다. 오히려 같이 있는 것이 불편했다. 아니, 그가 원한다고 해도 이젠 그녀가 각방을 쓰자고 말할 참이었다. 솔직히 말해 그녀가 정상적인 사고를 갖기 시작하면서 제일 먼저 생각한 일이 이제는 남편 케이로부터 완전히 벗어나고 싶다는 거였다.

케이는 그녀에게 이혼 같은 건 꿈도 꾸지 말라고 했다. 그 대신 사회적으로 물의만 일으키지 않으면 무슨 짓을 해도 상관하지 않겠노라고 했다. 그러면서 자기는 개의치 말고 파리에 가서 그 젊은 디자이너도 만나고 오라고 했다. 그녀의 아버지도 케이와 똑같은 말을 했다.

"파리에 다녀오는 게 어떻겠니?"

어떻게 알았는지 그녀의 아버지는 그녀에 대해 모르는 것이 없다는 말투였다. 그녀는 '쉬' 발음의 남자와 그럴 정도는 아니라고 대꾸했지만 화가 났다. 절망스러웠다. 케이는 그렇다 치고 자신을 낳은 아버지까지 그런 식으로 말하는 것을 이해할 수 없었다. 그녀는 아버지가 원망스러웠다. 그토록 믿고 따르던 아버지가 자신의 인생을 망친 장본인이 아닐까 하는 생각이 들기 시작했다. 아버지의 인생관이 알게 모르게 자신에게 침투해 사고를 교란시키고, 가치관을 파괴했기에 자신이 정신병자가 된 것이 아닌가 싶었다. 하지만 그녀의 아버지가 그렇게 말할 때는 다른 방도가 없었다. 주어진 여건 속에서 그나마 행복한 길을 찾는 수밖에.

어느 날 저녁, 한 여자로부터 전화가 걸려 왔을 때 케이의 아내는 부엌에서 직접 요리를 하고 있었다. 그날 아침 가정부가 나가버렸기 때문이었다. 냉동고 청소를 하다가 비닐봉지에 꽁꽁 싸여 있는 쉬의 잘린 네 발을 발견한 가정부는 더 이상 이런 집에 못 있겠다고 했다. 아무리 돈을 많이 줘도 이젠 싫다고 했다. 그녀는 그런 가정부를 잡지 않았다. 케이도 집에 들어오지 않는 날이 많았고, 자신도 집에서 식사를 하는 일이 드물어 실제 가정부가 하는 일이란 샴고양이를 돌보는 일밖에 없었던 것이다.

아무튼 요리를 하다 물이 묻은 손으로 수화기를 집어 든 케이의 아내는 여보세요, 하는 여자의 다급한 목소리에 본능적으로 긴장했다. 하지만 이내 마음을 누그러뜨리고 침착하게 대꾸했다. 여자는 마치 몇 번이고 연습한 내용을 전달하듯 빠르고 조리 있게 용건을 말했다. 여긴 그린 호텔 506호실입니다. 케이 의원님이 갑자기……. 한마디로 케이가 의식을 잃어 위험한 상태에 있으니 알아서 조치를 취하라는 거였다. 그녀는 당신은 누구인데, 왜, 따위의 질문을 일절 하지 않았다. 알았어요 하고 시큰둥하게 대답한 뒤 수화기를 내려놓았다. 그러고 나서 그녀의 아버지에게 전화를 걸어 이런저런 이야기를 나눈 뒤 나중에야 마지못해 케이의 상황을 알렸다. 그녀의 아버지는 그런 일이 있으면 빨리 조치를 취한 뒤에 자신에게 전화를 해야지 왜 그러고 있느냐고 벌컥 소리를 질렀다. 그러면서 케이가 있는 그린 호텔로 당장 출발하라고 했다. 그녀는 냉정하게 대꾸했다.

"그 사람은 저보단 아버지와 상관있는 사람이잖아요. 그러니까 아버지가 알아서 하세요. 전 그 사람에게 가지 않겠어요. 오늘 저녁에 파리에서 돌아온 제 애인의 패션쇼가 있거든요. 왜요? 아버지, 제발 그렇게 소리치지 마세요. 아버지가 저보고 그 사람 개의치 말고 마음대로 살라고 했잖아요."

그녀의 아버지는 화가 치밀어 올라 씩씩거렸다. 너 완전히 돌았구나! 하고 말을 꺼낸 뒤 그녀가 끝내 자신의 지시를 거역하자 폭언을 해댔다. 기자들이 어쩌고 하면서 날뛰더니 만약 자신의 말을 듣지 않고 패션쇼에 가면 영원히 병원에 가둬 버리겠다고 했다. 혀가 꼬부라져 바람 빠지는 소리를 내는 그 자식도 무사하진 못할 거라고. 그녀는 아버지의 말이 끝나기도 전에 전화를 끊어버렸다.

샴고양이는 케이의 아내를 잘도 피했다. 그녀의 손을 피해 나비처럼 날아다녔다. 그녀가 비린내 물씬 풍기는 통조림을 들고 있어도 가까이 다가오지 않았다. 마치 모든 것을 알고 있는 양 필사적으로 그녀로부터 도망 다녔다. 할 수 없이 그녀는 예전엔 그의 어머니 방이었던, 그의 방문을 조금 열어둔 채 소파에 앉아 있었다. 그러자 그녀의 의도대로 샴고양이는 냉큼 그의 방으로 들어갔다.

네 다리가 묶인 샴고양이는 머리를 지렛대로 삼아 자꾸만 배를 뒤틀어 들어 올렸다. 케이의 아내는 샴고양이를 모로 누인 채 머리 부분을 케이의 잠옷으로 둘둘 말아 싸맸다. 그리고 샴고양이를 자신의 가랑이 사이에 놓은 뒤 왼쪽 허벅지로 머리 부분을 찍어 눌렀다. 샴고양이는 버둥거리며 저항하다가 이윽고 잠잠해졌다. 그러다가 돌발적으로 다시 버둥거리기를 서너 차례 반복했다. 그러곤 가슴 부위를 들썩거리며 거칠게 숨을 몰아쉬었다. 그녀는 샴고양이가 얌전해질 때까지 부드럽게 털을 쓸어주었다. 마침내 샴고양이가 모든 것을 포기한 듯 조용해지자 준비한 가위를 집어 들었다. 그러고 나서 샴고양이의 두터운 털을 갈색 꼬리 부분부터 자르기 시작했다. 잠시 뒤 밀크 초콜릿 빛이 나는 등 쪽을 잘라냈다. 마지막으로 핑크 빛이 감도는 배 부분을 유난히 정성 들여 잘라내고 면도를 했다. 케이의 아내는 자신의 음부보다 더욱 하얗게 드러난 샴고양이의 아래를 들여다보며 히죽히죽 웃음을 터뜨렸다. 그러면서 쫄깃한 고양이 고기가 들어간 삼색 밀쌈을 만들어 자신의 아버지에게 가져다주어야겠다는 생각을 했다.

앤디를 위하여

도로 위에는 원숭이 한 마리가 있었다. 아니, 원숭이가 아니라 고양이었다. 내가 왜 고양이를 원숭이로 착각한 것일까. 유난히 긴 꼬리가 빌리와 흡사한 때문일까. 나는 숨을 죽이고 새벽 거리를 유유히 활보하고 있는 녀석을 주시했다. 녀석은 긴 꼬리를 빳빳이 치켜들고 차량이 끊긴 도로를 천천히 가로질렀다. 약국을 지나 식당 앞 쓰레기 더미 옆에 멈춰 서서 주위를 두리번거렸다. 그러고는 자신을 지켜보고 있는 것이 기분 나쁜 듯 나를 빤히 노려보았다. 그 순간, 어쩐지 빌리가 할퀸 손등이 욱신거리는 느낌이 들었다. 빌리는 긴꼬리원숭이과에 속하는 아프리카 원산지의 알레놉 원숭이였다. 담황색 털 빛깔에 고양이처럼 작고 날렵한 몸을 가졌는데, 유전자 조작으로 인해 박수를 칠 때마다 긴 손톱에서 붉은빛이 흘러나오는 희한한 놈이었다. 내가 빌리를 만난 건 지난 수요일이었다. 구규와 동거를 한 지 백 일째 되는 날이었고, 내 생애 가장 많은 일을 한꺼번에 겪은 날이기도 했다.

그날은 밤사이 기온이 급강하하여 체감 온도가 무척 낮았다. 온몸에 한기를 느끼며 잠에서 깨어난 나는 구규의 겨드랑이를 파고들었다. 구규는 알몸인데도 따뜻했다. 유달리 몸이 찬 나는 열이 많은 그의 몸이 좋았다. 특히 섹스를 할 때엔 그 열기 속에서 나를 사랑하는 마음까지 느껴져 더없이 행복했다. 아무튼 나는 잠들어 있는 구규에게 몸을 밀착시키고 한동안 이런저런 생각에 빠져 있었다. 그러다가 그의 빗장뼈를 따라 손끝을 움직이며 간밤의 섹스를 떠올렸다.

텔레비전 마감 뉴스를 보고 있는 내 무릎 위에 그의 손이 닿았을 때 내 양다리는 절로 벌어졌다. 열여섯 살 나이에 꽁꽁 묶어두리라 다짐했던 다리였다. 너도 네 어미를 닮아서……. 아버지의 질책이 가슴속에서 거인의 발자국 소리처럼 쿵쿵거리며 울려 나왔지만 나는 그의 목을 힘주어 끌어안았다. 그리고 평소와 달리 적극적으로 그를 애무했다. 그러자 그가 섹스 도중 두세 번 왜 그러느냐고, 무슨 일이 있느냐고 물어보았다. 나는 끝내 아무 대꾸도 하지 않았다. 내가 몸을 파는 여자에게서 태어났다는 사실을 차마 말할 수 없었다.

섹스가 끝나자 구규는 그대로 곯아떨어졌다. 하지만 나는 이상스러운 기분에 휩싸여 쉽게 잠을 이루지 못했다. 기이하게도 절정에 올라 사정을 하던 그의 눈동자에서 초록색 빛이 반짝거리며 흘러나왔다. 구규는 그냥 힘껏 안아달라는 나의 요구에 그 어느 때보다 격렬하게 몸을 움직였다. 마치 나의 고통을 모두 집어삼키려는 듯. 나는 그의 몸에 안간힘을 쓰고 매달려 이십 년 만에 폐인이 되어 나타난 생모를 잊기 위해 몸부림쳤다. 그리고 그가 절정에 올라 사정을 하는 순간 오르가슴 대신 참았던 눈물을 왈칵 쏟아내었다. 동시에 그의 다갈색 눈동자가 푸른 녹색으로 바뀌어 빛을 내뿜는 신기한 현상을 보게 되었다. 나는 처음에 그것을 눈물에 시야가 가려져 생긴 착시 현상이라고 생각했다. 하지만 곧이어 착각이 아님을 알고 소스라치게 놀랐다. 그의 숨결이 어느 정도 잦아들자 녹색으로 변했던 눈동자가 다시 차츰차츰 다갈색으로 바뀌었던 것이다. 그 바뀌는 과정이 눈물을 말끔히 닦아낸 내 두 눈에 너무나 선명하게 들어왔고, 그의 눈동자를 가득 메우고 있던 초록빛이 마치 휘날리는 커튼 자락처럼 움직이며 사라졌던 것이다.

구규의 빗장뼈가 보통 사람보다 조금 위에 붙어 있다는 느낌에 나는 피식 웃음을 터뜨렸다. 그러자 그가 어깨를 움찔거리며 잠에서 깨어났다. 눈을 뜨자마자 나에게 몇 시냐고 물었다. 하지만 나는 테이블 위에 놓인 시계 대신 그의 눈동자를 유심히 들여다보았다. 그러면서 오늘도 일찍 출근해야 하는 거냐고 건성으로 물었다. 그는 아침 회의 운운하다 말끝을 흐리면서 다시 눈을 감았다. 나는 더 이상 궁금증을 견디지 못하고 그에게 물었다.

"구규 씨, 어젯밤에 자기 눈동자 색깔이 이상하게 변했던 거 알아?"

"내 눈동자가? 어떻게 변했는데?"

"사정할 때 말이야. 초록색으로 변해서 빛이 막 뿜어져 나오더라고. 혹시 외계인 아냐?"

나의 물음에 눈을 뜬 구규는 잠시 심각한 표정을 지었다. 하지만 곧바로 정색을 하고 밝게 웃으며 말꼬리를 돌렸다.

"내가 외계인인 거 몰랐어? 근데 고미야, 이 외계인이 배고프다."

라면을 끓이는 동안 구규는 내내 욕실에 있었다. 하지만 욕실에선 물소리도 나지 않았고, 변기 뚜껑을 올리는 소리도 나지 않았다. 나는 그가 무엇을 하고 있는지 궁금했다. 거울 앞에 붙어 서서 눈까풀을 들어올리고 있는 그의 모습이 머릿속에 그려졌다. 불현듯 그가 말 못 할 희귀한 질병을 앓고 있는 건지 모른다는 느낌까지 들었다. 하지만 나는 내 강박증이 다시 재발한 건 아닐까 하는 생각을 하며 심호흡을 했다.

내가 서너 번 부른 뒤에야 욕실에서 나온 구규는 불은 라면을 먹기 시작했다. 그는 평소와 달리 한 마디도 하지 않았다. 그와 식탁에 마주 앉은 나는 다시금 불안해졌다. 때문에 어젯

밤엔 내가 잘못 본 건지도 모른다는 둥, 신경 쓰지 말라는 둥, 필요 이상으로 종알댔다. 그러자 그는 라면 국물을 후루룩 마신 뒤 왜 그래? 내가 뭘 신경 쓴다고 그래? 어제는 두 시간이나 멍하니 앉아 있더니, 요즘 약 잘 먹고 있지? 하고 오히려 내가 이상하다는 표정을 지었다. 나는 그제야 불안한 마음을 누그러뜨릴 수 있었다. 그리고 곧이어 그가 몇 시에 퇴근하느냐고 물었을 때, 생모의 일로 신경이 예민해진 탓에 내가 헛것을 봤을지도 모른다는 생각을 했다.

잡지사에서 사진 기자 노릇을 하고 있는 나는 퇴근 시간이 일정치 않았다. 나는 구규가 백 일 파티를 하려고 퇴근 시간을 묻는 것임을 알고 있었지만 야간 촬영이 있다고 둘러대며 그의 시선을 피했다. 오전 중에 일과가 끝나는 데도 불구하고 말이다. 어쨌거나 오후에는 자신이 나의 외삼촌이라고 주장하는 사람과 함께 생모를 만나보기로 약속한 때문이었다.

해 질 무렵, 생모가 입원해 있다는 병원의 입구에 들어서자 소금 같은 눈발이 날리기 시작했다. 첫눈이 올 거라는 일기예보를 떠올리며 나는 외삼촌이라는 남자가 일러준 방향으로 고개를 돌렸다. 시야에 들어온 약속 장소인 은행나무 아래 벤치에는 아무도 없었다. 나는 그곳으로 발걸음을 옮겨놓으려다 그 자리에 우뚝 멈춰 섰다. 다시금 갈등이 일었다. 내가 왜 생모를 만나보겠다고 했는지 모르겠다는 생각이 들었다. 도대체 이제 와서 어쩌란 말인가. 가뜩이나 구규가 백 일을 축

하하기 위해 집에서 나를 기다리고 있지 않은가. 나는 외삼촌이라는 남자가 오기 전에 어서 빨리 이곳을 벗어나야겠다는 생각을 하며 주위를 살폈다.

그때였다. 병원 건물 출입문이 열리면서 가죽점퍼를 입은 한 남자가 뛰어나왔다. 제발 저 사람이 아니길! 나는 그에게서 고개를 돌려버렸다. 하지만 그는 내 기분과 상관없이 곧장 내게로 달려오며 너, 고미구나! 하고 반갑게 외쳤다. 나와 마주 선 그는 한꺼번에 횡설수설 많은 말을 해댔다. 내 모습이 어릴 적 그대로라고 했고, 고맙다고 했고, 생모의 상태가 좋지 않다고 했고, 자신을 알아보겠느냐고 했다. 나는 이상하게도 그와 마주 보고 있는 것이 싫었다. 그래서 어떤 물음에도 대꾸하지 않고 그를 물끄러미 쳐다보았다. 그가 아무런 이유도 없이 토지 사기단의 일원처럼 보여 웃음이 터져 나왔다. 그냥 사기꾼도 아니고 왜 하필 토지 사기단이었는지.

열린 문을 통해 언뜻 병실 안을 들여다본 나는 고개를 가로저으며 뒤로 두어 걸음 물러났다. 한 노파가 규칙적으로 흔들리는 양손을 배 위에 오그려 붙이고 힘없이 누워 있었다. 정말 저 여자란 말인가. 나는 외삼촌이라는 남자와 전화 통화를 하면서 생모가 간암 말기라는 얘기는 들었지만 눈앞에 보이는 여자가 나의 생모라는 사실을 도무지 믿을 수 없었다. 아버지에 의해 각인된 내 머릿속의 생모는 화려한 외모에 간드러진 웃음을 터뜨리는 요물, 예컨대 닳고닳은 여자처럼 뻔뻔스럽고 질긴 인상의 소유자여야만 했다. 그래서 아버지 같은 사람들이 눈살을 찌푸리고 욕을 해도 억울할 것이 없어야만 했다. 그 자식들까지 사람들에게 손가락질을 당해도 억울할 것이 없어야만 했다. 그런데 고작 저 모습이 뭐란 말인가.

외삼촌이라는 남자는 병실 안으로 성큼성큼 걸어 들어가 노파의 귀에 대고 누님, 누가 왔는지 보세요, 고미요! 고미가 왔어요! 하고 큰 소리로 외쳤다. 그리고 심한 충격으로 입술을 떨고 있는 나를 향해 어서 들어오라고 손짓했다. 하지만 나는 그곳으로 들어가기는커녕 반대 방향으로 몸을 돌려버렸다.

소금 같던 눈발은 어느새 진눈깨비가 되어 날리고 있었다. 나는 코트 깃을 세워 손으로 부여잡고 서둘러 병원 출입구를 빠져나갔다. 등 뒤에서 나를 부르는 외삼촌이라는 남자의 음성이 들려왔지만 때마침 내 앞에 멈춰 서는 택시에 미련 없이 몸을 실었다. 그리고 차가운 손을 비비며 택시 기사에게 히터를 더 세게 틀어달라고 부탁했다. 기사는 날씨가 갑자기 추워졌죠? 하고 말을 걸며 백미러로 나를 힐끔거렸다. 나는 그를 무시하고 고개를 돌려 차창 밖을 내다보았다. 그러자 창밖의 풍경이 아닌, 차창에 반사된 내 얼굴이 눈에 들어왔다. 거기엔 퀭한 두 눈의 여자가 입술을 떨고 있었다. 나는 갑자기 내 모습이 십 년쯤 더 늙어버린 것 같았다. 낯설었다. 누구인가? 얼굴을 차창에 가까이 붙이고 자세히 들여다보았다. 그리고 다음 순간 소스라치게 놀라 비명이 터져 나오려는 입을 손으로 틀어막았다. 창에 비친 내 얼굴이 물에 번지듯 희미해지면서 생모의 초라한 얼굴로 뒤바뀌어 보인 때문이었다.

나는 피곤했다. 아무 생각도 하고 싶지 않았다. 머리를 뒤로 기대고 두 눈을 감아버렸다. 하지만 내 입술의 떨림은 좀체 멈춰지지 않았고, 생모를 빗대어 가혹하게 나를 비난하던 아버지가 기억에서 꾸역꾸역 되살아났다. 아버지는 걸핏하면 제 어미를 닮아서…… 하고 중얼거리며 혀를 찼다. 치마 길이가 조금만 짧아도, 하다못해 헤어밴드가 조금만 화려해도 생모와 연결시켜 집요하게 나를 질책해 대곤 했다. 그리고 내 나이 열여섯 살의 어느 여름날, 새어머니가 데리고 들어온 오빠의 친구에게 성폭행을 당할 뻔한 사건이 일어나자 아버지는 내 가슴에다 커다란 못을 박아버렸다. 그 못은 단번에 내 가슴 밑바닥까지 뚫고 들어가 단단히 박혀버렸다. 지금도 구규와 섹스를 할 때마다 쿵, 쿵, 쿵, 거인의 발자국 소리로 되살아나곤 하는…….

아버지는 오빠와 그 친구들이 본드를 흡입한 사실은 문제 삼지 않고 무조건 나를 비난했다. 방문이 조금 열려 있어서 그만, 하고 머리를 조아리는 오빠 친구를 별말 없이 돌려보냈다. 하지만 그가 돌아가자, 방문이 열려 있었다는 그의 말은 아버지의 입을 통해 어이없게 비약되어 버렸다. 내가 양다리를 벌리고 있었다는 식으로 변해서 가차 없이 내 뺨으로 날아들었다. 나는 서너 차례 얻어맞아 얼얼한 뺨을 움켜쥐고 생전 처음으로 아버지에게 대들었다.

“아버지가 바라는 대로 내가 다리를 벌렸어야 했는데, 그렇지 못해 미안합니다. 실망시켜드려서 죄송하다고요. 됐어요? 그런데, 그렇게 고매하신 아버지께서 어떻게 창녀가 벌린 다리 사이로 자식까지 낳으셨나요?”

내가 눈 한 번 깜박이지 않고 비아냥거리자 아버지는 피는 못 속인다는 둥, 너도 네 어미처럼 다리를 벌리고 살 테니 두고 보라는 둥 입에 담지 못할 욕설을 퍼부어댔다. 말끝마다 화냥년들이라며 악을 썼다. 얼굴조차 기억나지 않는 생모와 나를 싸잡아서 하는 말이었다.

바로 그때 새어머니는 차가운 눈빛으로 나를 쳐다보고 있었다. 오빠는 아무려면 어떠냐는 식으로 덤덤한 표정으로 서 있었고, 배다른 여동생 둘은 키득키득 웃음을 터뜨리며 2층으로 뛰어 올라갔다. 나는 이 유치하기 짝이 없는 인간들이 도대체 누구일까 싶었다. 뿐만 아니라 저 사람이 정말 나의 아버지일까 싶었다. 그래서 이를 악물고 독하게 중얼거렸다. 그건, 열여섯 살 계집애의 입에선 도저히 나올 수 없는 말이었다. 아니, 한편으론 열여섯 살 계집애니까 할 수 있는 말이었다.

“그래요, 두고 보세요. 아버지의 어떤 자식보다 양다리를 꽁꽁 묶고 살아서 오늘 이 자리에서 있었던 일을 후회하게 만들 테니. 항상 내가 지켜보고 있는 것 같아서 이제부터 아버지도 그 짓을 할 땐 괴로울 거예요."

양다리를 꽁꽁 묶고 살겠다던 그때의 다짐으로 내 인생은 얼마나 고통스러웠던가. 나는 갑자기 설움이 복받쳐 눈물이 솟았다. 두 눈에 잔뜩 힘을 주고 차창 밖을 내다보았다. 가능한 멀리 시선을 보내고 마음을 진정시키려고 애썼다. 그러자 사무치게 구규가 보고 싶었다. 그가 꽁꽁 묶여 있는 내 다리의 결박을 풀어주지 않았더라면 나는 지금도 열여섯 시절의 어둠 속에 갇혀 있을 터였다.

신경 정신과 레지던트 과정을 마친 구규는 영장류 센터에서 근무하고 있었다. 과학 잡지사에서 사진을 담당하고 있던 나는 한 여기자와 그곳의 소장인 알 박사를 인터뷰하러 갔다가 그를 처음 만났다. 우리는 인터뷰를 하기 전에 일단 연구소의 분위기를 파악해야만 했다. 약속대로 로비에서 만난 그는 연구소에 잘생긴 사람이 많은데 못생긴 자신이 신참이라서 안내를 맡게 되었다고 농담을 했다. 나는 왠지 그가 친근하게 느껴졌다. 또한 신경 정신과 전문의가 동물 실험을 하는 연구소에서 근무하고 있다는 사실이 특이하게 느껴져 그를 눈여겨보지 않을 수 없었다. 그는 동물들도 정신과 치료를 받느냐는 취재 기자의 농담엔 빙그레 웃기만 했다. 나는 나중에 알 박사로부터 구규가 알츠하이머, 즉 치매나 노망에 관한 프로젝트에 참여하고 있다는 말을 듣고 그에게 더욱 호기심을 느꼈다. 영장류 센터에서 인간의 치매를 연구하고 있다는 내용 뒤엔 뭔가 특별하고 흥미로운 일이 숨어 있을 것 같았다.

그렇다고 내가 처음부터 구규에게 남자로서 매력을 느낀 것은 아니었다. 나는 일을 마치고 영장류 센터를 나오는 순간 그를 까맣게 잊어버렸다. 불과 보름 뒤, 그의 전화를 받으면서도 누구인지 단박에 기억해 낼 수 없었다. 그가 몇 번씩 자신의 이름을 밝히면서 영장류 센터 이야기를 꺼낼 때서야, 그런데요? 하고 무뚝뚝하게 대꾸할 정도였다.

그런 내가 나이 서른셋에 생애 처음으로 남자인 구규를 받아들여 사랑을 하고 게다가 동거까지 하게 된 것은 그가 끝없는 사랑을 보여준 결과였다. 그는 2년 가까이 나를 만나면서 단 한 번도 섹스를 요구하지 않았다. 섹스를 거부한다는 이유로 여러 번 뼈아픈 실연을 경험한 적이 있는 나는 그 역시 두 달을 넘기지 못하고 내 곁을 떠날 거라고 생각했었다. 하지만 그는 양심 있는 정신과 의사가 애정을 갖고 환자를 치료하듯 나를 대했다. 그리고 인내심을 갖고 내 마음과 몸이 차례차례 열리기를 기다렸다. 언제부터인지 나는 그가 나를 진정으로 사랑한다는 느낌에 마음을 열게 되었고, 또한 그와의 섹스는 내가 양다리를 함부로 벌리는 것이 아니라는 확신에 몸을 열게 되었다. 나의 손을 잡은 그의 손이 눈물이 날 지경으로 따뜻하게 느껴진 어느 날, 내 양다리를 꽁꽁 묶고 있던 끈이 그의 사랑으로 절로 풀어진 것이었다.

그가 보고 싶어! 재촉한다고 될 일이 아님을 알면서도 나는 택시 기사를 향해 좀 더 빨리 갈 수 없느냐고 조바심을 쳤다. 한시라고 빨리 집으로 달려가 구규의 품에 안기고 싶었다. 그의 따뜻함으로 차가운 내 몸과 마음을 녹이고 싶었다. 퇴근 후에 만나 근사한 백 일 파티를 하자던 그를 뿌리치고 생모를 만나러 간 사실에 대해 나는 택시에서 내릴 때까지 후회하고 또 후회했다.

그랬는데, 케이크라도 준비하고 나를 기다리겠다던 구규는 집에 없었다. 그가 없음을 확인한 순간 나는 몸이 후들거렸다. 갑자기 더욱 엄청난 한기를 느꼈다. 보일러를 최대한 올리고, 어두우면 더 추운 것 같아 온 집 안의 전등을 환하게 밝혔다. 그리고 머리끝에서 발끝까지 담요를 덮어쓰고 눈만 내놓은 채 소파에 쪼그리고 앉았다. 그렇게 앉아 눈을 깜빡거리며 현관문을 노려보고 있었다. 하지만 두 시간이 지나도 그는 돌아오지 않았다. 어찌 된 일인지 내 몸의 한기 또한 사라지지 않았다. 바닥에서 따뜻한 기운이 올라와 집 안 전체가 훈훈한데도 내 몸은 점점 더 싸늘해져 갔다.

얼마나 시간이 흘렀을까.

집 안을 뒤흔드는 듯 요란한 소리에 정신을 차린 나는 소파에서 벌떡 일어났다. 심장이 심하게 두근거리는 것을 느끼며 혼미한 나를 일으켜 세운 소리의 정체가 무엇인지 파악하기 위해 귀를 기울였다. 그러자 쾅, 쾅, 쾅, 누군가 문을 두드리는 소리가 들려왔다. 그 소리가 너무 요란스러워 나는 구규는 아닐 거라고 생각했다. 겁에 질려 조심스럽게 현관 쪽으로 다가갔다. 그러자 예상 밖으로 고미야! 고미야! 문 좀 빨리 열어줘! 하는 구규의 다급한 목소리가 들려왔다. 나는 지체 없이 문을 열었다. 그러고 나서 뜨악한 표정으로 그를 쳐다보았다. 아니, 그들을 번갈아 쳐다보았다. 구규의 손에는 케이크가 들려 있는 것이 아니라 빌리라는 이름의 원숭이 한 마리가 들려 있었다. 뿐만 아니라 그의 품에는 머리를 양 갈래로 묶은 작은 여자 아이 하나가 그의 목을 꼭 끌어안고 안겨 있었다.

내가 꿈을 꾸고 있는 건가. 구규가 원숭이와 여자 아이를 안고 내 앞을 지나 방으로 들어가는 데도 나는 할 말을 잃은 채 멍하니 서 있었다. 그가 여자 아이를 침대에 눕히고 원숭이 빌리를 안고 다시 거실로 나온 뒤에야 나는 내 눈앞에 벌어진 상황이 꿈이 아니라 현실임을 직시했다. 어처구니없는 일이 벌어진 때문이었다. 만사 귀찮은 듯한 표정으로 구규의 품에 안겨 있던 빌리가 갑자기 공중으로 날아올랐다. 너무나 돌발적인 일이라서 얼떨떨해진 나는 그 순간 빌리의 꼬리가 무척 길다는 생각만을 했었다. 하지만 다음 순간, 반사적으로 비명을 내지르며 양팔을 머리 위로 마구 휘둘러댔다. 나를 덮친 빌리는 필사적으로 휘두르는 내 손에 두들겨 맞으면서도 악착같이 내 몸에 매달려 있었다. 내 손등을 심하게 할퀸 뒤에야 구규에게 몇 대 얻어맞고 떨어져나갔다. 나는 손등에 난 상처를 움켜쥐고 씩씩거리며 빌리를 노려보았다. 그러자 빌리가 약 올리듯 양팔을 높이 치켜들고 박수를 치기 시작했다.

그런데 뭔가, 박수를 치는 빌리의 손톱에서 붉은빛이 반짝반짝 흘러나오는 것에 놀라 나는 손등의 통증을 잊어버렸다. 문득 내가 이런 기이한 풍경을 보려고 어젯밤 구규의 눈동자에서 초록빛이 흘러나오는 환영을 본 모양이라는 생각이 들었다. 나는 잔뜩 호기심이 어린 시선으로 구규를 쳐다보았다. 하지만 그는 전혀 놀라는 기색 없이 덤덤하게 빌리를 쳐다보고 있었다. 그러다가 어느 순간 박수를 치던 빌리가 졸도하듯 픽, 쓰러져버리자 고개를 저으며 한숨을 내쉬었다. 나는 힘없이 누워 눈만 깜빡거리고 있는 빌리에게 다가서며 구규 씨, 이 녀석이 왜 이러는 거야? 하고 외쳤다. 모든 것들을 다 잊고 그와 단둘이 백 일 파티를 해야 할 이 시간에 대체 이게 무슨 황당무계한 짓거리란 말인가.

도대체 무슨 일이냐고 묻는 나에게 구규는 자세한 설명은 뒤로 미룬 채 우선 자신을 믿느냐고 심각하게 물었다. 나는 조금도 망설임 없이 그에게 고개를 끄덕여 보였다. 그러자 그가 괴로운 듯 한숨을 내쉬며 더 이상 실험 대상으로 삼을 수 없었어! 하고 중얼거렸다. 나는 그때 구규가 원숭이 빌리를 그의 직장인 영장류 연구소에서 데려왔다는 사실을 알 수 있었다. 하지만 여자 아이는 어떻게 해석해야 한단 말인가. 나는 차라리 내가 모르는 자식이라도 있었느냐고 따질 수 있는

상황이라면 좋겠다는 생각이 들었다. 아이마저 실험 대상으로 삼을 수 없어 연구소에서 데려온 거라면, 그 충격을 어떻게 감당해야 할지 막막했다. 당장이라도 연구소 직원들이 사이렌을 울리며 잡으러 올 것 같았다. 느닷없이 신경이 예민해진 나는 날카로운 음성으로 그를 다그칠 수밖에 없었다.

"그럼, 여자 아이는 뭐야?"

"앤디야."

"앤디라니? 지금 무슨 소리하는 거야? 이름이 앤디라는 거야?"

내가 점점 목소리의 톤을 높이는 반면 구규는 차분하게 대답했다.

"응. 인서티드 디엔에이(Inserted DNA)의 약자인 IDNA를 거꾸로 읽은 거야. 말 그대로 DNA가 삽입됐다는 뜻이지. 유전자 조작에 의해 실험실에서 탄생한 영장류란 말이야."

나는 구규가 도대체 무슨 말을 하는 건지 얼른 알아들을 수 없었다. 아니, 내가 우려했던 부분이 현실로 드러나는 것 같아 내 머리는 그의 말을 쉽게 흡수하지 않고 있었다. 어느 부분의 유전자를 조작하고 누가 DNA를 삽입했다는 건지, 또한 그것이 여자 아이와 무슨 상관이 있다는 건지 도무지 알 수 없었다. 하지만 이미 돌이킬 수 없는 일이라면 자세한 내용을 알고 대책을 세워야 했다. 그가 한 말을 곰곰이 되새겨 본 뒤 다시 차근차근 물어보았다.

"실험실에서 사람을 만들었는데 그게 저 여자 아이란 말이야? 이름이 앤디이고?"

"그냥 사람을 만든 게 아니라 실험용으로 쓰기 위해 계획적으로 탄생시킨 아이야."

"뭐라고? 어떻게 그럴 수가 있어?"

"믿기 힘들겠지만 사실이야. 오 년 전에 여성의 몸에서 채취한 난자에 해파리의 발광 유전자를 끼워 넣어서 연구소 실험실에서 인공적으로 탄생시킨 아이야. 나중에 보면 알겠지만 빌리처럼 박수를 칠 때마다 손톱에서 붉은빛이 흘러나와. 그게 해파리의 유전자를 넣었기 때문에 나타나는 발광 반응이야."

앤디라는 예쁜 이름 뒤에 그런 엄청난 비밀이 숨겨져 있다는 사실에 나는 너무 놀라 할 말을 완전히 잃어버렸다. 하지만 구규는 축 늘어져 있는 원숭이 빌리를 손으로 가리키며 또 다른 사실을 알려주었다. 빌리의 몸에는 앤디와 달리 뇌암을 일으키는 유전자까지 심어져 있는데 지금 온몸에 암세포가 가득 퍼져 있는 상태라 곧 죽을 것 같다는 내용이었다. 또한 빌리가 이상 행동을 보이는 것도 모두 그로 인한 발작 증세니 이해하라는 거였다. 거듭되는 구규의 충격적인 발언에 나는 머리가 지끈거렸다. 앤디는 그렇다 치고, 곧 숨이 끊어질 빌리까지 집으로 끌고 들어온 그가 못마땅했다. 빌리와 마찬가지로 암세포가 온몸에 퍼져 죽어가고 있는 생모를 외면하고 온 마당에 설상가상이 아닐 수 없었다.

하지만 머리가 지끈거리면서도 나는 정신과 전문의인 구규가 병원을 마다하고 왜 이런 비정한 일을 하는 연구소에서 근무하게 되었는지 궁금했다. 그건 그를 처음 만난 순간부터 떠올린 의문이기도 했다. 그래서 축 늘어져 있는 빌리를 물끄러미 내려다보고 있는 구규를 향해 영장류 연구소에 근무하게 된 특별한 이유가 있느냐고 물어보았다. 그러자 그가 자신에겐 선택의 여지가 없었노라고 말하며 담배를 피워 물었다. 나는 그런 그의 모습에 가슴이 뜨끔했다. 말을 잘못 꺼낸 것 같았다. 그가 언제 나에 관해 꼬치꼬치 캐물은 적이 있었던가. 하지만 담배 한 개비를 다 피우고 난 그는, 이젠 아예 눈까지 감고 늘어져 있는 빌리의 털을 쓸어내리며 담담하게 자신에 관한 이야기를 들려주었다. 자신은 원래 고아였는데 열 살 때 알 박사에게 입양되었고, 그 순간부터 그의 소유물이나 다름없는 인생을 살고 있는 거라고. 나는 알 박사를 훌륭한 인물로 부각시키기 위해 열심히 셔터를 눌러댔던 나 자신이 떠올라 더욱 기가 막혔다. 또한 구규의 인생도 나 못지않게 기구하다는 생각을 하며 한동안 숨을 죽이고 있었다. 그러자 그가 나의 손을 잡고 다시 말을 이었다.

"난 정말 내가 하는 일이 알 박사의 말처럼 인간의 난치병 치료에 공헌하기 위한 연구라고 생각했어. 그런데 앤디가 말을 하기 시작하면서부터 뭔가 방법이 단단히 잘못되었다는 느낌이 들었지. 얼마 전 앤디가 자신의 엄마는 어디 있느냐고 물었을 땐 너무나……. 정말 별 생각이 다 들더라고. 난 고아지만 그래도 이 세상 어딘가에 산고를 겪고 나를 낳아준 엄마라도 있으니 행복한 거라는 생각도 들었고, 앞으론 그리워할 엄마조차 없는 앤디 같은 아이가 두 번 다시 생겨나는 일은 없어야 한다는 생각도 들었고……. 하지만 세상 곳곳을 돌아다니며 아무 거리낌 없이 정자와 난자를 팔아 여행 경비를 충당하는 사람들이 흔한 세상인데 그걸 누가 막을 수 있겠어."

구규가 말을 하는 동안 나는 병원에 있는 생모의 얼굴이 자꾸만 떠올랐다. 하지만 그럴 때마다 매몰차게 그 모습을 머릿속에서 지워버렸다. 내가 구규처럼 어머니라는 이름을 향해 막연한 그리움만 갖고 살았다면 차라리 행복했을 거라는 생각이 들었고, 창녀의 몸에서 태어나 나처럼 고통을 받고 사느니 차라리 앤디처럼 실험실에서 태어나 그리워할 엄마조차 없는 것이 더 마음 편할 거라는 생각까지 들었던 것이다.

"빌리! 어디 있니, 빌리?"

앤디가 원숭이 빌리를 부르는 소리에 소파에서 선잠을 깬 나는 그대로 누워 벽시계를 올려다보았다. 자정이 가까운 시간이었다. 구규가 보이지 않았다. 대신 욕실에서 그가 샤워하는 소리가 들려왔다. 나는 순간적으로 밀려들었던 공포감을 떨쳐버리고 상체를 일으켜 세웠다. 그리고 앤디가 빌리 앞에 쪼그리고 앉아 뭐라고 소곤거리고 있는 것을 물끄러미 쳐다

보았다. 잠이 덜 깬 탓인지 눈앞이 뿌옇게 보여 비현실적인 느낌이 들었다. 그때 앤디가 나를 흘깃 쳐다본 다음, 빌리! 어서 일어나, 나하고 놀자, 눈 좀 떠 보라니까, 빌리? 빌리! 하고 박수를 치면서 중얼거렸다. 박수를 치는 앤디의 손톱에서 역시 붉은빛이 반짝였다. 나는 몽롱한 시선으로 그것을 쳐다보았다. 동화 속의 한 장면 같았다. 그래서인지 내 입에선 나도 모르게 저들이 이대로 사라져주었으면…… 하는 말이 절로 흘러나왔다. 그때 내 말을 알아듣기라도 한 것처럼 앤디가 훌쩍훌쩍 울기 시작했다.

앤디의 울음소리는 나에게 현실감을 일깨워주었다. 나는 소파에서 벌떡 일어났다. 단걸음에 다가가 앤디의 겨드랑이 밑으로 양손을 찔러 넣으며 빌리를 쳐다보았다. 눈을 감고 누워 있는 빌리는 꼼짝도 하지 않았다. 빌리에게서 떨어지지 않으려고 버둥거리는 앤디를 간신히 안아 올린 나는 욕실 쪽을 향해 구규 씨! 구규 씨! 하고 외쳤다.

생각보다 빨리 빌리가 죽어버리자 나는 당혹스러웠다. 빌리의 몸을 이리저리 뒤척여 본 구규는 며칠은 버틸 것 같아서 데리고 온 건데…… 하고 말끝을 잇지 못했다. 나는 그래도 실험실에서 죽는 것보단 잘된 일이지 뭐, 하고 그를 위로했다. 생모가 어떻게 죽건 상관 않겠다는 내 입에서 그런 말이 튀어나온 것이 낯뜨거웠다. 하지만 나는 울고 있는 앤디를 구규 옆으로 내려놓으며 이제 어쩔 거야? 하고 그에게 물었다.

그는 내가 뭘 묻는 건지 알고 있으면서도 뭘? 하고 되물었다. 나는 짜증이 났다. 가뜩이나 앤디의 울음소리가 신경을 자극하고 있는데, 구규까지 답답하게 굴자 절로 고함이 터져 나왔다.

"무슨 대책을 세워야 할 거 아냐? 알 박사가 당신을 가만두겠어?"

"왜 갑자기 소리를 치고 그래? 앤디가 놀라서 더 울잖아."

정말 앤디는 구규의 말처럼 한층 더 크게 울어댔다. 앤디의 울음소리가 시끄러워 겨우 그의 말을 알아들은 나는 목소리의 톤을 줄일 수 없었다. 내처 큰 소리로 외쳤다.

"난 지금 불안해서 미치겠단 말야! 앤디 데리고 도망이라도 가야 되는 거 아냐?"

구규 역시 평소보다 큰 소리로 말했다.

"도망? 이건 도망간다고 해결될 문제가 아냐. 이 세상 어디에 앤디가 정상인으로 자랄 수 있는 곳이 있겠어? 설사 도망간다 해도 불안에 떨며 살아야 하는데 우리가 언제까지 온전한 정신으로 버틸 수 있겠어?"

"그럼 어떡해? 방법이 없는 걸!"

"맞아. 아무런 방법이 없어. 그게 지금 우리 앞에 닥친 현실이야."

나는 구규의 말이 백번 옳다는 것을 알고 있었지만 왜 그리 복잡하게 생각하느냐고 화를 내었다. 하지만 어쩔 수 없이 밀려드는 절망감에 휩싸였다. 계속해서 울어대는 앤디를 달래기 위해 애쓰고 있는 구규를 물끄러미 바라보기만 했다. 혼란스러웠다.

그런데 어느 순간, 앤디의 울음소리를 꿰뚫고 전화벨 소리가 울리기 시작했다. 설마? 구규와 나는 동시에 숨을 죽이고 서로를 쳐다보았다. 하지만 내가 전화를 받지 말자고 고개를 가로저은 반면 그는 어서 받아보라는 뜻으로 탁자 위에 놓인 전화기를 턱으로 가리켰다. 나는 조심스럽게 수화기를 집어 들었다. 그러자 여보세요, 고미니? 하는 남자의 목소리가 들려왔다. 외삼촌이라는 사람이었다. 나는 본능적으로 생모의 죽음이 임박했음을 직감했다. 말없이 수화기를 내려놓았다. 그러고는 다시 걸려온 전화를 받지 않았다. 하지만 전화벨 소리는 끈질기게 울렸고 그에 놀란 앤디는 더욱 자지러지게 울어댔다. 나는 머리가 터져버릴 것 같았다. 손으로 양쪽 귀를 틀어막고 머리를 세차게 흔들었다. 그러자 툭, 하고 내 머릿속에서 이성을 지탱하던 줄이 끊어지는 듯한 느낌이었다.

구규는 앤디의 등을 두드리며 나를 쳐다보고 있었다. 모든 것을 짐작하고도 남는다는 표정이었다. 나는 고개를 저으며 그의 시선을 피했다. 하지만 잠시 뒤, 부들부들 떨며 다시 수화기를 집어 들었다. 그러고는 상대방이 무슨 말을 하기도 전에 다짜고짜로 이제 와서 대체 어쩌란 말이냐, 난 그 여자를 엄마라고 생각한 적이 단 한 번도 없는 사람이다, 그러니 나와 상관없다고 생각한 여자의 임종을 지켜볼 마음은 추호도 없다, 누가 뭐라고 해도 그곳에 가지 않을 테니 더 이상 전화를 하지 말라는 등의 말을 두서없이 내뱉었다. 그렇게 말하는 도중에 앤디! 시끄럽단 말야! 하고 신경질적으로 외치기도 했고, 제발 앤디 좀 달래봐! 하고 구규를 향해 인상을 쓰기도 했다.

수화기를 집어던지듯 내려놓은 나는 마음을 가라앉히기 위해 한동안 심호흡을 했다. 구규는 속수무책으로 울어대는 앤디를 안고 서성거리며 내 눈치를 살폈다. 아니, 나에게 무언의 압력을 넣고 있었다. 어머니가 돌아가시는데 안 가겠다는 거야? 하고. 하지만 나는 그에게 전화가 오기 전에 하던 말을 다시 꺼냈다. 정 그러면 나 혼자라도 앤디를 데리고 나가 있을 테니 당신은 빌리를 처리하라고. 하지만 그는 내 말에 아무런 대꾸도 없이 앤디를 안고 그냥 방으로 들어가 버렸다.

벽시계를 열 번도 더 쳐다본 나는 점점 더 불안했다. 어쩌자고 규규가 가만히 있는 건지, 당장이라도 연구소 직원들이 들이닥쳐 앤디와 구규를 끌고 갈 것 같았다. 그래서 잠시 뒤 구규가 앤디를 방에 남겨두고 혼자 나왔을 때, 그보다 먼저 입을 열었다. 앤디는 여전히 시끄럽게 울고 있었다.

"구규 씨, 연구소 사람들이 들이닥치기 전에 우리 빨리 여길 뜨자, 응?"

"자꾸만 어딜 가자는 거야? 내가 말했잖아, 어디를 가든 마찬가지라고. 그나저나 정말로 병원에 안 갈 거야? 내 생각엔 나중에 후회하지 말고 가보는 게 좋겠는데."

"무슨 소리야. 지금 이 상황에서…… 쓸데없는 데 신경 쓰지 말고 어서 준비해! 우선 앤디를 데리고 여기서만이라도 나가자고!"

"고미야. 너야말로 쓸데없는 고집 부리지 말고 내 말 좀 들어. 지금 이 상황에서 네가 할 일은 늦기 전에 병원으로 달려가서 어머니의 임종을 지켜드리는 거야. 엄마가 증오의 대상이 될 수 없다는 걸 왜 모르니? 나와 앤디를 보면서도 그걸 못 느끼겠어?"

"구규 씨가 뭘 안다고 그래? 내 입장이 돼봤어? 난, 유전자 조작으로 태어난 앤디가 부러울 정도로 내 출생의 뿌리를 부정하고 싶은 사람이야! 그러니까 알지도 못하면서 함부로 말하지 마!"

"그럼 넌 고통과 상처만 주지 않는다면 어떤 현실도 수용할 수 있다는 거야? 그리워할 어머니조차 없는 앤디와 같은 아이들이 마구 태어나도 상관없다는 얘기냐구!"

"비약하지 마! 나는 단지 나 자신의 감정을 얘기하는 것뿐이야!"

구규와 나는 점점 언성을 높였다. 그러자 방 안에 있던 앤디가 더욱 큰 소리로 악을 써대며 방문을 열고 나왔다. 나는 뇌가 터져 나가는 것 같았다. 앤디의 입을 틀어막고 싶은 것

을 참는 대신 양손으로 내 귀를 틀어막았다. 그때, 끊겼던 전화벨이 또다시 울리기 시작했다. 나는 전화 코드를 빼기 위해 달려갔고, 구규는 전화를 받기 위해 달려갔다. 하지만 다음 순간, 나는 거실 한가운데 우뚝 멈춰 섰다. 어디에선가 다급한 사이렌이 울려오기 시작한 때문이었다.

구규는 수화기를 손에 들고 한껏 긴장한 표정으로 나를 주시했다. 나는 그의 시선을 피했다. 입을 벌리고 악을 써대는 앤디의 모습이 꿈처럼 몽롱하게 보였다. 나는 잠시 멍하니 서서 자궁에서 태어난 아이와 자궁에서 태어나지 않은 아이는 뭐가 다른가, 하는 생각을 했다. 그리고 출입문 쪽을 쳐다보았다. 그 순간, 통화를 하는 구규의 입에서 임종이라는 말이 흘러나왔다.

"임종…… 하셨다고요?"

앤디의 울음소리와 다급한 사이렌이 허공에서 날카롭게 마찰하고 있었다. 나는 구규의 손을 뿌리치고 집을 뛰쳐나갔다. 화원 앞을 지나, 약국 앞을 지나, 식당 앞을 지나, 공사장 앞을 지나 고양이들이 어슬렁거리는 골목 안 어둠을 향해 정신없이 달려갔다. 무엇을 위해, 어디로 가고 있는지 알 수 없었다. 오로지 어머니의 임종을 되받는 구규의 음성을 떨쳐버리기 위해 달리고 또 달렸다. 하지만 아무리 달려도 마음의 갈피는 잡히지 않았다. 생모의 임종으로부터 자유로울 수 없는 한 내가 도망갈 곳은 어디에도 없었다.

도망간다고 해결될 문제가 아니야, 이 세상 어디에 앤디가 정상인으로 자랄 수 있는 곳이 있겠어? 나는 구규의 말을 떠올리며 달리기를 멈췄다. 그리고 앤디의 기이한 손톱을 떠올리며 지나온 길을 되돌아 달리기 시작했다. 뜨거운 눈물이 뺨을 타고 흘러내렸다. 그럴 수만 있다면 나는 숨을 거두는 생모의 손을 잡고 단 한 마디만 외치고 싶었다. 자궁에서 태어난 존재이면서 그것을 부정하고 살아온 나야말로 기이한 변종이 아니고 달리 뭐란 말인가.

어머니!

검은 면사포의 계절

6호기 화장로 안에서 불길이 치솟기 시작한다. 불길은 윙윙거리며 괴이한 골바람 소리를 낸다. 눈을 감고 생각에 잠겨 있던 그녀는 노즐에서 뿜어져 나오는 기름 냄새와 시신이 타는 냄새에 헛구역질을 한다. 그때, 승복을 입은 한 사내가 술 냄새를 풍기며 그녀 옆으로 바싹 다가선다. 광대뼈를 따라 흉터 자국이 있는 사내는 무협지 속의 인물 같다. 망자의 혼백이 뜨거운 불길에서 무사히 빠져나와 좋은 곳으로 가도록 염원합니다. 사내는 다짜고짜 그녀의 귀에 대고 큰 소리로 외친 뒤 목탁을 두드린다. 별안간 눈을 뜬 그녀는 혐오스러운 표정으로 사내를 노려본다. 사내는 그녀를 개의치 않고 더욱 그악스럽게 염불까지 외며 목탁을 두드려댄다. 그녀는 만 원짜리

지폐 한 장만 쥐어주면 사내가 물러간다는 사실을 알고 있지만 그냥 무시한다. 다시 눈을 감고 점점 협박조로 변해 가는 염불 소리와 목탁 소리를 묵묵히 참아낸다. 사내는 하던 짓을 멈추고 잠시 그녀를 주시한 뒤 방금 시신이 들어간 4호기 화장로 쪽으로 걸어간다. 그녀는 눈을 뜨고 스님이라 하기엔 의심스러운 사내의 검은 뒤통수를 흘긋 쳐다본다. 사내는 먹이를 놓친 짐승이 새로운 먹이를 발견한 것처럼 민첩하게 움직인다.

그녀는 역겨운 냄새에 계속해서 헛구역질을 해댄다. 기어코 입을 틀어막고 화장터 앞마당으로 나간다. 눈앞의 주차장을 주시하며 서너 번 심호흡을 한다. 주차장에는 술 냄새를 풍기는 사내와 똑같은 분위기의 승복을 입은 사람이 셋이나 있다. 그들은 한쪽에 모여 서서 어슬렁거리다가 버스가 들어오면 재빨리 달려든다. 버스에서 관이 내려질 때마다 달려가 목탁을 두드려댄다. 누군가 돈을 쥐어야만 목탁 두드리는 것을 멈추고 관에서 떨어진다. 저승길도 통행료를 내야 하다니. 쓴웃음을 지으며 그들을 지켜보던 그녀는 불현듯 손목시계를 들여다본다. 남편의 시신이 가루가 되어 나오려면 삼십 분 가량 남았음을 확인하고 다시 주차장으로 시선을 보낸다. 다음 순간, 그녀는 자신의 눈을 의심하며 고개를 갸우뚱한다. 화장터 주차장으로 장의 버스가 아닌 관광버스 한 대가 미끄러져 들어오는 게 아닌가.

그가 죽었다. 해안 지대로 차를 몰다 가드레일을 들이받고 절벽으로 추락했다. 할부금이 남아 있는 검은색 코란도를 타고 바다 깊이 가라앉은 그는 일주일 전 그렇게 내 곁을 떠났다. 그날은 그의 아버지의 기일이기도 했다. 물에서 건져 올려진 그의 몸뚱이는 뭉그러져 형체를 알아보기 힘들었다. 손끝이나 발끝은 물론 심지어 성기까지 수중 생물에게 잘리고 뜯겨나가 뭉뚝한 흔적만 남아 있었고, 복부 또한 군데군데 피부가 파헤쳐져 너덜거렸고, 입술과 코의 흔적이 없어진 세 개의 작은 구멍에서는 허연 거품이 버섯 같은 모양으로 부글부글 끓어올랐다. 버섯 모양의 거품이 유출되는 것은 익사하면서 폐포가 파열된 때문이었다. 다시 말해 사인이 익사임을 증명하는 현상이었다. 하지만 나는 그것을 보면서 그가 죽기 전에 버섯 요리를 먹었기 때문에 그런 현상이 나타나는 거라고, 내가 죽어도 저렇게 버섯 거품이 온몸에서 부글거리며 나올 거라고 엉뚱한 생각만 했다.

사실 그는 버섯을 싫어했다. 바닷가에서 태어난 그는 어느 날 느닷없이 어머니가 죽자 그 충격으로 어린 시절의 기억을 모두 잃어버렸다. 그의 아버지는 그런 그를 데리고 산속으로 들어가 버섯 농사를 지으며 살았다. 그의 아버지는 가끔씩 어디론가 사라졌다 나타났는데, 그럴 때마다 그는 홀로 남아 버섯으로 끼니를 때워야 했다. 주로 날것으로 먹었지만 그나마 삶아 먹으면 속이 덜 쓰리고 입 안이 쓰지 않았다고 했다. 그래서 그는 결혼 초기부터 나에게 버섯 요리만은 절대 사절하겠노라고 선언했다. 자신이 밉거나 싫어지면 버섯 요리를 하라고, 그러면 알아서 내 곁을 떠나겠노라고 농담까지 했다. 나는 그와 달리 버섯을 무척 좋아했지만 그와 결혼한 뒤부터 먹지 않았다. 왠지 그러고 싶었다. 그가 단지 많이 먹어서 질렸다는 이유만으로 버섯을 싫어한다는 생각이 들지 않았기 때문이다.

그랬는데, 얼마 전부터 나는 하루도 거르지 않고 그의 식탁에 버섯을 올리기 시작했다. 슈퍼에 가면 눈을 반짝거리며 제일 먼저 온갖 종류의 버섯을 집어 카트에 담았다. 그리고 집으로 가져와 정성껏 요리를 해서 맛있게 먹었다. 물론 그의 식탁에 올리는 것을 절대 잊지 않았다. 그건 표면상으론 입덧을 핑계로 하고 있었지만 실제 목적은 그에 대한 나의 감정이 예전과 같지 않음을 보여주는 데 있었다. 유치한 일이지만 결혼 초기에 그가 한 농담처럼 버섯 요리를 보고 그가 내 곁을 떠나주었으면 하는 바람이 간절했던 것이다.

내가 그와 멀어지기 시작한 것은 지난해 봄부터였다. 어느 날 새벽, 조깅을 나간 그는 정오가 다 되어서야 집으로 돌아왔다. 그리고 출근도 하지 않고 하루 종일 거실 소파에 앉아 골똘히 생각에 잠겨 있었다. 내가 무슨 일이냐고 물어도 아무런 대답을 하지 않았다. 어떤 충격으로 인해 실어증에 빠진 건 아닐까 하는 의심이 든 나는 불안했다.

저녁이 되자 나는 더 이상 견디지 못하고 그의 어깨를 잡아 마구 흔들며 고함을 터뜨렸다. 도대체 왜 그래? 귀신이라도 본 거야! 그제야 그는 꿈에서 깨어난 듯 얼떨떨한 표정으로 힘없이 중얼거렸다. 내일은 아버지한데 다녀와야겠어. 내가 갑자기 거긴 왜 가느냐고 묻자 그는 어린아이가 어른에게 구원을 청하는 말투로 대답했다. 어머니에 관해 아버지에게 꼭 물어볼 말이 있어. 당신, 내가 오늘 죽은 어머니를 만났다면 믿을 수 있겠어? 나도 무슨 조화인지 모르겠어. 오늘 새벽에 한강 시민 공원에서 조깅을 하다가 어머니 같은 사람을 만났거든. 아니 분명히 어머니였어. 나한테 손을 흔들기까지 했는걸. 그런데 얘기 한 마디 나누지 못하고 헤어졌어. 꼭 할 말이 있었는데 말이야.

나는 꼭 할 말이라는 게 뭔지 궁금했지만 내용을 깊이 알고 싶지 않았다. 그의 가족에 관계된 일이라면 이미 알고 있는 기억도 지워버리고 싶은 터였다. 때문에 나는 그의 말을 가볍게 받아넘겼다. 죽은 사람을 만났다는 거야? 에잇, 환영을 본 거겠지. 하지만 그는 내 말을 듣지 않고 얼굴을 붉히며 다시 심각하게 입을 열었다. 당신도 알지? 잠수교까지 가려면 중간에 주차장이 세 군데 있는 거. 그의 물음에 나는 마지못해 고개를 끄덕였다. 그러자 그가 다시 말을 이었다. 조깅을 하면서 보니까 그 세 곳의 주차장에 똑같은 관광버스가 서 있는 거야. 처음에 나는 같은 회사 버스 세 대가 각각 주차돼 있는 건 줄 알았어. 그런데 돌아오는 길에 이상야릇한 기운이 느껴지더라고. 마치 관광버스 한 대가 나를 따라다니며 일부러 내 앞에 나타나는 것 같은 느낌 말이야. 그래서 버스 쪽으로 몇 걸음 다가가서 살펴보았지. 그런데 희한하게도 버스 안에 있는 사람들이 한결같이 하얀 옷을 입고 있었어. 게다가 버스 옆면 광고판에 뭐라고 적혀 있었는 줄 알아? 글쎄 '떠도는 바위, 시레네스의 섬으로'라고 적혀 있는 거야. 시레네스의 섬이라면 지중해 시칠리아 근처의 암초가 많은 해역인 프랑크타인가 뭔가 하는 곳에 떠 있는 섬이잖아. 죽은 자들의 영혼이 도달한다는 신화 속의 섬 말이야. 지난번에 디스커버리 채널에서도 소개해 줬잖아. 그는 잠시 이야기를 멈추고 허공을 응시했다. 나는 하얀 옷과 죽은 자들의 영혼이 도달한다는 시레네스의 섬이 연결되어 기분이 묘했지만 애써 태연하게 물었다. 너무 비약해서 생각하는 거 아냐? 그런데 어머니를 만났다는 건 무슨 소리야? 그는 진저리를 치며 대답했다. 그래, 그때까지도 난 내 눈을 의심했어. 하지만 두 번째 주차장에 도착해 그곳에 서 있는 관광버스 안을 들여다본 순간 기절하는 줄 알았어. 글쎄, 첫 번째 주차장의 버스에 타고 있던 사람들이 거기에 그대로 있는 게 아니겠어. 정말이지 얼마나 이상한 기분이 들었는지 몰라. 그런데 더 이상한 것은 그들 중에 검은 면사포를 쓴 젊은 여자가 하나 있었는데 자꾸만 나를 보고 손짓을 하는 거야. 그리고 나와 시선이 마주치자 무슨 말인가를 하려고 입을 벙긋거리는 거야.

그의 말을 열중해서 듣고 있던 나는 소름이 돋았다. 다그치듯 그에게 물었다. 검은 면사포를 쓴 여자라고? 그 여자가 당신 어머니였다는 얘기를 하려는 거야? 당신 지금 제정신이야? 내가 다소 흥분한 반면 그는 차분한 음성으로 응, 하고 짧게 대답했다. 나는 그의 말을 어디까지 믿어야 할지 몰라 따지듯 물었다. 당신은 어머니 얼굴이 기억나지 않는다면서 어떻게 그 여자를 당신 어머니라고 단정 지을 수 있는 거야? 그는 그런 질문이 나올 줄 알았다는 듯 즉시 대꾸했다. 글쎄, 나도 그 점이 정말 이상해. 그 여자와 시선이 마주친 순간 나도 모르게 절로 여자가 내 어머니라는 사실을 알게 되었거든. 그래서 그 관광버스가 주차장을 빠져나갈 때에도 난 아무런 의심 없이 애타게 어머니를 부르며 버스 뒤를 따라갔어. 마치 기억에서 사라진 어릴 적으로 되돌아간 느낌이었어. 버스가 점점 멀어져가자 정말 안타깝고 슬퍼서 눈물이 났어.

그의 얘기를 전부 듣고 난 나는 무슨 말을 해줘야 할지 몰라 곤혹스러웠다. 그래서 그런 영양가 없는 얘기는 집어치우고 저녁이나 먹자고 호들갑스럽게 큰 소리를 쳐댔다. 하지만 마음 한구석이 찜찜하고 편치 않았다.

역시, 며칠 뒤 나는 히스테리를 일으켰다. 그가 병가를 내고 일주일째 회사에 출근을 하지 않았다는 사실을 알게 된 때문이었다. 병가 낸 사실을 모르고 있었냐고 묻는 그의 직장

상사에게 나는 내 남편이 지금 회사 일로 출장을 가 있는 게 아니냐고 동문서답했다. 그리고 전화를 끊자마자 수화기를 집어던졌다. 화를 참지 못하고 마구 욕을 해대면서 방 안을 서성였다. 그러다가 씩씩거리며 그에게 전화를 걸었다. 수화기에서 상대방의 휴대폰이 꺼져 있다는 말이 흘러나오자 더욱 배신감이 느껴졌다. 그런 상태로 며칠이 더 지나자 정신적 불안 상태에 빠졌다. 심장이 두근거리고 식은땀이 나며 잠이 오지 않았다. 밤마다 몸을 뒤척이며 집으로 돌아오면 가만두지 않겠다고 벼르다가도 그가 영원히 지상에서 사라진 것 같아 덜컥 겁이 나기도 했다.

하지만 드디어 집에 돌아온 그의 모습은 내가 투정을 부린다든지 화를 내고 비난을 할 만한 상태가 아니었다. 그는 완전히 변해 있었다. 현관문을 열고 들어서는 그를 쳐다보자마자 나는 공황(恐慌)상태에 빠져들고 말았다. 입고 나간 양복을 벗어버리고 잿빛 누더기를 걸치고 있는 그는 흡사 행려병자 같았다. 반쪽이 되어버린 얼굴은 누렇게 떠 있었고, 흙먼지에 찌든 머리카락은 떡같이 엉켜 기름이 흘렀고, 더럽게 때가 낀 목에는 가는 철사로 목이 졸린 듯한 상처가 두 줄로 나 있었고, 왼쪽 손등은 퍼렇게 멍이 들어 있었고, 발목이 퉁퉁 부은 오른쪽 다리는 심하게 절고 있었다.

어느 정도 기운을 차린 그가 처음으로 입을 열었을 때, 그의 아버지와 나는 할 말을 잃고 서로를 쳐다보기만 했다. 검은 면사포를 쓴 어머니가 타고 있던 관광버스를 찾기 위해 여기저기를 돌아다녔다고 말하는 그의 표정은 정상이 아니었다. 현실 감각을 잃은 두 눈은 먼 곳을 헤매고 있었고, 더듬거리는 입은 속절없는 웃음을 실실 흘리고 있었다. 나는 그가 미친 것이 틀림없다고 생각했다. 그래서 그의 아버지에게 당장 정신과 치료를 받게 해야 하는 것 아니냐고 물었다. 하지만 그의 아버지는 정색을 하며 말렸다. 필요 이상으로 화를 내며 신경질적으로 반응했다. 제 발로 집을 찾아온 사람을 미친놈 취급하는 거 보니 너야말로 미친 거 아니냐? 지금은 몸이 아프고 열이 나서 그런 거니 쓸데없는 생각 말고 간호나 잘 하거라. 이놈은 내가 잘 안다.

가뜩이나 날카롭게 신경이 곤두서 있던 나는 곱지 않은 그의 아버지의 말투에 쌓인 감정이 폭발했다. 그래서 결혼 후 처음으로 말대꾸를 했다. 그렇게 잘 아시면 이 사람이 이토록 죽은 어머니를 찾아 헤매는 이유가 뭔지도 아시겠네요. 뭔가를 용서해 달라고 자꾸만 헛소리를 하는데 도대체 이 사람이 어머니에게 용서를 받아야 할 일이 뭔가요? 내가 말을 하는 동안 그의 아버지 얼굴이 점차 흙빛으로 변해 갔다. 나는 내친김에 몰아붙였다. 이 사람이 얼마 전에 어머니에 관해 아버님께 여쭤볼 말이 있다고 했는데, 어머니의 죽음에 비밀이라도 숨겨져 있는 건가요?

그의 아버지는 내 시선을 피하고 아무런 대꾸도 하지 않았다. 일격을 가한 것 같아 의기양양해진 나는 다시 입을 열었다. 그렇다면 이 사람이 이렇게 된 건 순전히 아버님 때문이네요. 지난번 우리가 찾아갔을 때 아버님께서 모든 사실을 속 시원히 털어놓으셨다면 사람이 이렇게 되진 않았을 거예요. 그때 아버님이 뭐라고 하셨나요. 제가 남편을 부추겨서 아버님을 괴롭힌다고 하셨죠? 전 그때 아버님이 너무나 이상했어요. 왜 어머니 얘기만 나오면 항상 핵심을 피한 채 엉뚱한 트집을 잡아 대화를 끝내는지 이해할 수 없었다고요. 정말이지 아버님이 어머니를 죽인 건 아닐까 하는 의심까지……. 너무 지나친 건 아닐까 하는 생각에 말꼬리를 흐린 나는 그의 아버지의 반응을 살폈다. 하지만 다음 순간 이마를 감싸 쥐고 그 자리에 주저앉았다. 어느새 거짓말처럼 멀쩡해진 남편이 탁자 위의 재떨이를 나에게 집어던진 것이었다.

나는 욱신거리는 이마를 손으로 가리고 상담실로 들어갔다. 두어 번의 전화 상담 끝에 마주 앉은 정신과 의사는 내 이마를 노골적으로 쳐다봤다. 그러면서 당장 남편을 입원시키지 않으면 큰일이라도 날 것처럼 겁을 줬다. 하지만 나는 비장한 각오로 집을 나설 때와는 달리 선뜻 그를 데려와 입원시키겠다는 대답을 하지 않았다. 미친 사람들이 항상 미쳐 있는 건 아닙니다, 하고 말하는 의사가 사기꾼처럼 느껴졌다. 정신과 전문의라는 사람이 미쳤다는 표현을 쓰는 것에 심사가 뒤틀렸다. 1초라도 빨리 상담실을 벗어나고 싶었다. 그래서 시장 바닥 약장수같이 쉬지 않고 떠들어대며 질문을 던지는 의사를 물끄러미 쳐다보기만 했다. 뾰족하게 튀어나온 의사의 입이 경박스럽게 짖어대는 치와와의 주둥이 같았다.

그런데 이상한 일이었다. 어느 순간부터 의사의 말소리가 허공에서만 맴돌뿐 귓속으로 들어오지 않았다. 대신 하얀 옷에 검은 면사포를 쓰고 있는 여인의 환영이 자꾸만 눈앞에 어른거리는 것이었다. 나는 기분이 묘했지만 여인의 모습을 놓치지 않기 위해 정신을 집중했다. 그를 치료하려면 저 의사가 아닌 바로 이 여인을 만나봐야 한다는 생각까지 하면서 여인의 움직임을 주시했다. 여인은 햇빛이 스며든 창가 아래서 더욱 선명하게 모습을 드러냈다. 나는 숨을 죽이고 여인의 얼굴을 자세히 살펴보았다. 이목구비가 정말 그와 흡사했다. 약간 넓은 듯한 미간, 쌍꺼풀 없는 눈, 반듯한 코, 선이 뚜렷한 입술, 차분한 분위기까지 그가 여자라면 저렇게 생겼을 거란 생각이 들었다. 그런데 왜 검은 면사포를 쓰고 있는 걸까? 왠지 불행해 보이는 검은 면사포를 머리에서 벗겨내고 싶다는 생각을 하며 나는 여인을 눈을 응시했다. 그러자 여인이 그런 생각하지 말라는 듯 고개를 서너 번 저었다. 그러고 나서 무슨 말인가 하려고 입술을 달싹거렸다. 나는 목을 길게 빼고 귀를 기울였다. 하지만 다음 순간 여인의 환영은 미세한 빛의 입자가 되어 산산이 흩어져버렸다. 의사가 자리에서 일어나는 것과 동시에 내가 두 눈을 깜빡인 때문이었다.

맞은편 의자에 앉아 있어야 할 의사가 왜 내 어깨 위에 손을 올리고 있는 건지 모를 일이었다. 나는 불쾌한 표정으로 그를 올려다보았다. 그러자 그가 잔뜩 긴장된 음성으로 뾰족한 입을 더 뾰족하게 내밀며 물었다. 이제 정신이 드세요? 여기가 어디인지 아시겠어요? 어허 참! 언제부터 이런 증세가 있었죠? 이거야 어디, 남편보다 본인이 먼저 치료를 받아야겠어요. 쉬지 않고 떠들어대는 의사의 뾰족한 입을 바라보던 나는 그 입에 옷걸이를 걸어놓으면 딱 좋겠다는 생각을 하며 웃음을 터뜨렸다. 그러자 의사가 한층 걱정스러운 표정으로 이미 여러 번 반복해서 들려준 이야기를 다시 물었다. 나의 정신 상태를 체크하려는 것임을 알고 있었지만 나는 한번 터진 웃음을 쉽게 멈출 수 없었다. 벽걸이처럼 고정되어 있는 의사의 입술에 여러 가지 물건들이 계속 바뀌면서 대롱대롱 매달리는 그림이 머릿속을 떠나지 않은 때문이었다. 부부가 모두 치료를 받아야겠다는 의사의 충고에 건성으로 고개를 끄덕이고 나는 도망치듯 상담실을 빠져나왔다. 집으로 돌아오는 동안 내내 코믹 영화를 한 편 보고 나온 듯 자꾸만 웃음이 터져 나왔다. 집 앞에서 우리 집 사정을 잘 알고 있는 아파트 경비원이 따라 웃으며 말을 건넬 정도였다. 요즘 들어 사모님이 웃으시는 거 처음 보네요. 무슨 좋은 일이라도 있으세요? 하지만 나는 경비원의 말소리가 왠지 꿈결에 들리는 소리 같아 아무런 대꾸도 하지 않았다. 경비원의 시선이 집요하게 내 뒤통수에 따라붙었지만 신경 쓰지 않고 엘리베이터를 탔다. 엘리베이터 안에서도 마찬가지였다. 내 뒤에 서 있는 위층 모녀가 자신들의 관자놀이에 동그라미를 그리며 서로 눈짓을 하고 있는 것이 출입문에 선명하게 비쳤지만 나는 웃음을 멈추지 않았다.

화장터 주차장에 장의 버스가 아닌 관광버스라니……. 그녀는 눈앞의 풍경을 어떻게 해석해야 할지 몰라 승복 입은 사내들의 움직임을 주시한다. 저 관광버스에서도 시신이 든 관이 내려지고, 승복 입은 사내들이 시끄럽게 목탁을 두드리며 달려들고, 상복 입은 상주가 눈살을 찌푸리며 만 원짜리 지폐를 꺼낼까? 하지만 승복 입은 사내들은 관광버스를 개의치 않고 자기네들끼리 떠들어대고 있고, 관광버스 출입문은 굳게 닫혀 있다. 사내들의 눈엔 관광버스가 보이지 않는 걸까. 한동안 사내들과 관광버스를 번갈아 살피던 그녀는 다시 한번 고개를 갸우뚱한다. 그러고 나서 남편의 시신이 들어간 6호기 화장로 쪽을 한번 쳐다본 뒤 관광버스가 서 있는 곳을 향해 발걸음을 떼어놓기 시작한다.

관광버스의 모든 차창에는 햇빛을 차단하는 커튼이 드리워져 있다. 단 한 곳, 버스 중간 자리 부분에만 커튼을 치지 않아 네모난 구멍 같이 보인다. 비밀스러운 느낌이다. 그녀는 왠지 그곳이 뚜껑 열린 마법 상자 같다는 생각을 한다. 불행한 사람이 안으로 들어갔다 다시 튀어나오면 행복한 사람으로 바뀌어 있다거나, 들여다보면 원하는 세계로 빨려 들어간다거나 하는 그런 상자라면 정말 좋겠다는 생각을 한다. 하지만 관광버스로 점점 가까이 다가가던 그녀는 갑자기 우뚝 걸음을 멈춘다. 문득 죽은 남편이 새벽 조깅 길에 보았다는 관광버스가 떠오른 때문이다.

그녀는 잠시 어쩔 줄 모르고 서 있다가 근처에서 휴대폰으로 문자 메시지를 보내고 있는 한 여학생에게 다가간다. 오가는 사람들의 눈치를 살피며 한껏 목소리를 낮춰 말을 건넨다. 저기 저거 관광버스 맞지요? 그녀의 손끝을 따라서 잠시 시선을 옮기던 여학생은 어처구니없는 표정으로 그녀를 쳐다본다. 그러고 나서 그녀로부터 서너 걸음 뒤로 물러나는 것과 동시에 염소 울음소리 같은 말투로 되묻는다. 어머머, 관광버스가 어디 있다고 그래요? 여학생의 말을 정확히 알아듣지 못한 그녀는 한 걸음 다가서며 다시금 묻는다. 네? 뭐라고요? 여학생은 징그러운 동물이 다가가기라도 하는 양 기겁을 하고 달아난다. 뒤뚱거리며 뛰어가는 여학생의 뒷모습이 비현실적으로 보인다.

그때 어디서 나타났는지 한 노파가 경이에 찬 눈으로 관광버스를 쳐다보며 그녀 곁을 느리게 지나가고 있다. 행상을 하는 듯 노파의 손에는 싸구려 껌 박스와 초콜릿이 들려 있다. 그녀가 이번엔 큰 소리로 노파에게 묻는다. 저게 관광버스 맞죠? 화장터에 관광버스가 있으니까 이상하네요. 얼굴에 검버섯이 핀 노파는 기다렸다는 듯 대뜸 대답한다. 저것이 바로 흐르는 바위, 시레네스가 하는 섬으로 가는 버스야. 오늘도 죽은 사람들의 영혼을 데려가려고 왔겠지. 나도 어서 빨리 죽어서 이 거추장스러운 육체를 훌훌 벗어던지고 저 버스를 타야 할 텐데. 노파의 말소리는 아득히 먼 곳에서 들려오는 듯하다. 어째서 노파가 죽은 남편과 비슷한 이야기를 하는 걸까. 그녀의 가슴은 쿵쿵 소리를 내고, 그녀의 두 눈동자는 심하게 흔들린다. 애써 마음을 진정시키고 관광버스의 옆면을 재빨리 눈으로 훑으며 노파에게 묻는다. 죽다뇨? 왜 그런 말씀을 하세요? 노파는 생각할 것도 없다는 듯 또다시 냉큼 대답한다. 삶이 너무 고통스러우니까. 하지만 그녀의 귀에는 노파의 말이 들어오지 않는다. 버스 광고판에 푸른 바다 그림을 배경으로 '흐르는 바위, 시레네스의 섬으로' 라는 문구가 선명하게 새겨져 있기 때문이다.

노파가 어디로 감쪽같이 사라진 걸까. 거의 넋이 나간 그녀는 방금 전까지 곁에 서 있던 노파를 찾아 사방을 두리번거린다. 어느 곳에서도 노파를 발견하지 못하자 자신의 눈을 의심하기 시작한다. 아니, 자신을 설득하기 시작한다. 이건 현실이 아니라고, 남편의 죽음에 충격을 받아 시달리는 거라고, 눈앞에 보이는 관광버스도 실제 존재하는 것이 아니라 환영일 뿐이라고. 지난 일주일 내내 죽음을 꿈꾸면서 지냈기 때문에 허깨비가 따라붙은 거라고. 하지만 그녀는 끝내 눈에 보이는 관광버스를 외면하지 못한다. 차창을 통해 안을 들여다보면 다른 세상으로 빨려 들어가 모든 고통을 잊을 수 있을 것 같다는 생각을 쉽게 떨쳐버리지 못한다. 다시금 관광버스를 향해 발걸음을 옮겨놓기 시작한다.

그가 집으로 돌아온 지 한 달이 되기도 전에, 재떨이에 맞은 내 이마의 검푸른 멍이 미처 가시기도 전에, 나는 내가 그토록 사랑했던 남편은 이제 이 세상에 존재하지 않는다는 사실을 분명하게 깨달았다. 그는 남이었다. 아니, 남보다도 못하게 나를 괴롭히기 시작했다. 뜻 모를 말을 중얼거리다가 느닷없이 나에게 자신을 사랑하느냐고 묻곤, 내가 고개를 끄덕이면 나쁜 년, 더러운 년, 뻔뻔스러운 년 등등 입에 담지 못할 욕설을 퍼부었다. 내가 아무 대답도 하지 않으면 물건을 집어 던지거나 내 속옷을 꺼내 와 갈기갈기 조각을 내며 자신이 없는 동안 무슨 짓을 했느냐고 따져 물었다. 마치 텔레비전 드라마에나 나오는 정신병자 같았다. 처음에 나는 그보다 더 큰 소리로 그에게 대들었다. 하지만 한번 매를 맞고 정신을 잃은 뒤부터는 무조건 그가 말하는 시나리오대로 고개를 끄덕였다. 그러면 그는 한 시간 정도 길길이 날뛰다가 나를 안았다. 나는 그의 밑에 깔려 끔찍한 상황을 벗어나기 위해 온갖 생각을 다했다. 하지만 그가 그런 식으로 나를 대하는 횟수가 많아질수록 점점 아무런 궁리도 하지 않았다. 그가 내 몸 위에서 씩씩거리는 동안 천장의 한 점에 시선을 모으고 숫자를 세는 일에만 몰두했다. 일 부터 세기 시작해서 빠르면 이백오십 정도, 늦으면 칠백십 정도에서 그는 사정을 하고 떨어져나갔다. 그러면 나는 앞으로 이삼 일은 조용히 보낼 수 있을 거라는 안도의 한숨을 내쉬었다. 내가 그에게 미련이 남아 있는 한 어떤 궁리를 해도 소용없다는 것을 파악한 때문이었다. 실제로 사정을 한 그가 무방비 상태로 잠들었는데도 나는 도망치기는커녕 그의 얼굴을 들여다보며 한없는 연민에 빠져들기도 했고, 그가 겪는 고통이 안쓰러워 눈물을 짓기까지 했다.

하지만 왜 그를 떠나지 않느냐고 묻는다면 그 또한 분명히 대답할 수 없는 게 솔직한 나의 심정이었다. 행려병자 같은 모습으로 집에 돌아온 그를 본 순간 시작된 공황 상태가 계속된 때문인지, 그와 나 사이에 아이가 없는 것을 내 탓으로 여긴 때문인지, 진짜 그를 사랑한 때문인지, 아니면 내가 바닥을 보지 않으면 절대 포기하지 못하는 부류의 여자인 때문인지, 그도 저도 아니면 내 정신 상태가 무엇을 논리적으로 생각하고 판단할 수 없을 만큼 비정상적인 때문인지 정말 알 수 없는 일이었다. 간혹 정신과 전문의들이 습관적으로 폭행을 당하는 여자들 중에는 매를 맞아야 마음의 평화를 얻고 편하게 잠을 자는 경우가 있다고 말하지만 내 경우는 그런 것 같지도 않았다. 나는 폭행을 당하면 잠을 이루지 못하고 그를 냉정하게 떨쳐버리지 못하는 나 자신을 한없이 질책했다. 그러면서도 반복해서 그를 받아들였다. 그것이 눈곱만큼이라도 애정이 남아 있기 때문에 가능한 일이라면 어찌 그리 개떡 같은 사랑이 존재하는 건지 참으로 허파가 뒤집힐 노릇이 아닐 수 없었다.

여름이 끝날 무렵, 그의 아버지는 산막(山幕)을 걸어 잠그고 홀로 세상을 떴다. 모두들 자연사라고 했지만 나는 일부러 굶어 죽은 거라는 생각을 떨쳐버릴 수 없었다. 모처럼 양복을 차려입고 그의 아버지를 화장하러 다녀온 그는 일주일가량 잘 먹지도 않고 그의 방에 틀어박혀 있었다. 아버지의 뼛가루를 고향 앞바다에 뿌리고 왔다는 말, 딱 한 마디를 했을 뿐이다. 그가 그렇게 지내는 동안 나는 무력감에 빠져 수면병에 걸린 사람처럼 잠을 잤다. 곧 집을 비워주고 이사를 가야 함에도 불구하고 멍하니 하루하루를 보냈다. 그가 방에서 나왔을 때에도 나는 소파에 늘어져 잠을 자고 있었다. 잠에서 깨어난 나는 말끔히 청소가 되어 있는 집 안을 보고 깜짝 놀랐다. 꿈을 꾸고 있는 줄 알았다. 하지만 그가 예전처럼 환하게 웃으며 나에게 그렇게 잠만 자면 이삿짐은 언제 쌀 거야? 하고 물었을 때 그것이 꿈이 아님을 알았다. 그는 거짓말처럼 멀쩡한 정신으로 이삿짐을 꾸리면서 나를 여러 번 감동시켰다. 정말 미안하다고 했고, 열심히 일해서 곧 다시 집을 장만할 테니 섭섭해하지 말라고 했고, 모든 것을 잊고 새 출발하자고 했다. 불안감을 완전히 떨쳐버릴 수 없었지만 나는 일단 그의 말을 믿었다. 다행히 그는 스스로 정신과 치료를 받으며 한동안 정상인같이 행동했다. 하지만 그것도 잠시였다. 육 개월 정도 지나자 다시 나를 괴롭히기 시작했다. 내내 방치했던 죽은 아버지의 짐을 정리하기 위해 다녀온 뒤부터 술을 먹고 행패를 부리기 시작했던 것이다.

술에 취한 날이면 그는 곧바로 집으로 들어오지 않고 집 주위를 맴돌며 나에게 전화를 했다. 그리고 나를 어머니라고 부르며 울먹였다. 내가 아무런 대꾸를 하지 않으면 끝도 없이 무엇을 용서해 달라고 횡설수설 했고, 짜증이 나서 왜 그러냐고 대꾸를 하면 끊었다 다시 걸곤 했다. 그리고 여전히 어머니를 애타게 불러댔다. 그렇게 새벽까지 수십 번 반복해서 전화질을 해대다가 집으로 들어와선 마구 날뛰었다. 조금이라도 싫은 내색을 하면 손찌검을 했고, 상대를 하지 않기 위해 피하면 술이 깰 때까지 따라다니며 괴롭혔다. 차라리 그가 죽어버렸으면 좋겠다는 생각이 들 정도로 지긋지긋하게 굴었다. 하지만 나는 그때까지도 그를 떠날 생각을 하지 못했다. 그가 아버지의 짐을 정리하면서 또다시 미칠 수밖에 없는 사연을 기억해 낸 때문이라고 연민의 감정에 젖어 있었다.

그러던 내가 그와의 이혼을 결심한 것은 임신 때문이었다. 칠 년 동안 소식이 없던 내가 갑자기 임신을 한 건 정말 믿을 수 없는 일이었다. 산부인과 의사로부터 축하합니다, 임신입니다, 하는 말을 듣는 순간 나는 수년간의 혼수상태에 빠져 있다가 막 깨어난 느낌이었다. 병원을 나와 집으로 가는 동안 내가 처한 현실을 분명하게 자각하기 시작했다. 집에 도착해 현관문을 열고 들어서며 그를 떠나야 한다는 결론을 내렸다. 대체로 사람들이 임신을 통해 부부 사이를 개선하려고 노력한다지만 나는 오히려 그 반대였다. 이미 돌이킬 수 없는 지경에 이른 그의 광기가 뱃속의 아이를 해칠 거라는 생각이 들었던 것이다.

그가 술에 취해 비틀거리며 거실 커튼에 라이터로 불을 붙이던 날, 나는 더 이상 참지 못하고 그에게 이혼을 요구했다. 잠을 자지 않고 불에 검게 탄 커튼 자락을 하염없이 쳐다보고 앉아 있다가 그가 물을 마시기 위해 깨어나자 울먹이며 소리쳤다. 지긋지긋해! 더 이상 못 살겠어, 이혼해 줘! 하지만 그는 내 말이 끝나기도 전에 죽고 싶은 모양이라고 이기죽거리며 내 머리카락을 움켜잡았다. 나는 그의 방으로 끌려가지 않으려고 안간힘을 썼지만 결국 개처럼 끌려가 방바닥으로 나가자빠졌다. 술기운이 남아 있는 그의 눈에는 살기가 어려 있었다. 나는 그가 내 몸 위로 기어오르지 못하게 필사적으로 발버둥쳤다. 그러자 그가 내 양팔을 벌려 꼼짝 못하게 짓누른 채 이를 악물고 말했다. 내가 나를 낳아준 어머니도 불로 태워 죽였는데 너 까짓 것 하나 못 죽일 것 같아? 나는 눈앞이 캄캄했다. 그가 인간의 모습으로 태어난 악마처럼 느껴졌다.

어머니를 죽여서가 아니라 그런 사실을 중얼거리며 나까지 죽일 수 있다고 말하는 그의 잔인성에 몸서리가 쳐졌다. 인간이 얼마만큼 악해질 수 있는지 그 극한을 보는 듯해 치가 떨렸다.

잡힌 양손을 빼내기 위해 안간힘을 쓰는 나에게 그는 눈을 부릅뜨고 말했다. 이혼하겠다고? 다시 말해 봐, 어서! 죽고 싶으면 나를 똑바로 쳐다보고 다시 말해 보란 말야! 나는 진짜 그가 나를 죽일 것 같아 겁이 났지만 용기를 내어 필사적으로 대꾸했다. 그래, 이렇게 사느니 차라리 죽는 게 나아. 죽여, 죽이라고! 내가 고개를 마구 저으며 악을 써대자 그는 나의 얼굴을 사정없이 갈겨댔다. 몇 차례 얻어맞은 나는 더 이상 버티지 못하고 울음을 터뜨리며 온몸의 힘을 뺐다. 그러자 그가 이제야 정신을 차렸느냐고 비아냥거리며 내 몸을 더듬기 시작했다. 그의 손이 아래쪽으로 내려가자 나는 다시 몸을 움직여 저항했다. 하지만 그는 무릎을 벌려 내 몸 위로 올라앉은 뒤 한 손을 뒤로 뻗쳐 내 팬티 안으로 집어넣었다. 그러고 나서 그곳을 거칠게 만지면서 알 수 없는 말을 해대기 시작했다. 나는 수치심에 몸을 떨었지만 점차 그의 중얼거림에 귀를 기울였다. 그가 갑자기 어린아이 말투로 그의 어머니의 죽음에 얽힌 사연을 털어놓기 시작한 때문이었다. 난 정말 엄마가 거기 숨어 있을 줄 몰랐어. 엄마가 아버지한테 쫓겨나 밤이 새도록 집에 돌아오지 않자 나는 장수 아저씨가 살아 있는 한 우리 가족은 행복할 수 없다는 생각을 했어. 그 아저씨 때문에 아버지가 엄마를 자꾸만 때리는 거라고. 그래서 그 아저씨를…… 그날 새벽, 문구멍으로 들여다본 헛간에는 분명히 장수 아저씨 혼자서 잠을 자고 있었는데…… 훨훨 타는 불길 속에서 갑자기 여자의 비명이 들려와서 얼마나 무섭고 겁이 났는지 몰라. 하지만 난 귀를 막고 그 비명의 주인공이 엄마가 아니라고, 나의 엄마가 절대 거기에 있을 리 없다고 외쳤어. 그랬는데, 그랬는데……. 그는 말을 잇지 못하고 엉엉 울음을 터뜨렸다. 나는 그 틈을 이용해 내 팬티 안에 들어 있는 그의 손을 빼내려고 했지만 뜻대로 되지 않았다. 그가 언제 그랬냐는 듯 울음을 뚝 그치더니 눈을 번득이며 나를 노려본 때문이었다.

다시 본래의 모습으로 돌아온 그는 나에게 더욱 무자비하게 굴었다. 나의 아래를 헤치고 빡빡한 질 속으로 손가락 세 개를 한꺼번에 집어넣었다. 그리고 마구 돌려댔다. 나는 너무나 고통스러웠다. 몸을 뒤틀며 악을 썼다. 아파! 그만 해, 이 미친놈아! 하지만 그는 점점 더 사정없이 손을 움직였다. 그리고 나의 일그러진 얼굴을 보며 흥분하기 시작했다. 내가 아무리 애원을 하며 눈물을 흘려도 아랑곳하지 않고 점점 더 거친 숨소리를 냈다. 그러다가 또다시 발작을 일으켰다. 눈이 허옇게 뒤집힌 그의 입에서 여러 사람의 목소리가 흘러나왔다. 마치 악마와 천사가 어린아이의 영혼을 차지하기 위해 싸

우는 것 같았다. 내 어머니나 너도 다, 헉 헉, 창녀, 죽어야 해, 헉 헉 헉, 여자들이란 그저 여기만 만져주면…… 그게 아니야, 헉 헉, 엄마는 장수 아저씨를 사랑, 헉 헉…… 웃기는 소리 하지 마, 헉헉 모두, 헉 헉 헉, 죽어야…… 아! 엄마, 가지 마. 엄마! 제발, 헉 헉, 한 마디만이라도…… 그만둬! 그렇게 헉 헉, 용서를…….

그의 중얼거림에 나는 정신이 혼미해졌다. 하지만 그의 손에 내 질이 파열된 것을 느낄 수 있었다. 때문에 그런 혼미한 상태에서도 미칠 것 같았다. 아니, 나는 이미 끔찍한 망상에 사로잡혀 있었다. 그가 내 자궁 속으로 가위 손 같은 것을 집어넣어 아기의 목을 자르고 팔을 자르고 다리를 잘라 끄집어내는 끔직한 장면이 눈앞에 어른거린 것이다. 나는 필사적으로 몸부림을 치며 울부짖었다.

내 아기!

나의 몸 어디에서 그런 괴력이 나왔는지 모를 일이었다. 내 아기를 외치며 그를 밀어내자 그가 너무나 쉽게 방바닥으로 나자빠졌다. 그는 곤혹스러운 표정으로 아기? 하며 나를 쳐다보았다. 나는 자리에서 벌떡 일어나 그의 앞에 버티고 섰다. 미친 사람들이 항상 미쳐 있는 게 아니라는 정신과 전문의의 말을 떠올리며 단호하게 외쳤다. 그래, 이 미친 자식아! 뱃속에 있는 우리 아기까지 죽이고 싶으면 계속 해봐! 만약 아기한테 조금이라도 탈이 생기면 그땐 내가 널 죽여 버릴 거야!

버섯 요리를 상에 올린 지 보름이 넘도록 그는 군말 없이 그것을 먹었다. 나는 머지않아 그가 상을 뒤집어엎을 거라는 생각을 하며 송이버섯의 기둥을 하나하나 잘라냈다. 그런데 이상하게 버섯에서 끈적끈적한 액체가 흘러나왔다. 뭔가, 나는 손에 묻은 그것의 냄새를 맡아보았다. 알싸하고 비릿한 느낌에 울컥 헛구역질이 올라왔다. 손을 얼굴에 가까이 대고 들여다보았다. 그런데 너무 깜깜해서 아무것도 보이지 않았다. 내가 왜 이런 어둠 속에 앉아 버섯을 다듬고 있는 걸까. 잠시 생각에 잠긴 나는 내일이 그의 아버지 기일이어서 버섯으로 전을 부치려 했었다는 사실을 기억해 냈다. 요즘 들어 부쩍 정신이 없어 큰일이라는 생각을 하며 부엌칼을 그대로 손에 든 채 자리에서 일어나 전등 스위치를 올렸다. 그런데 식탁 위에 있는 하얀 송이버섯에 군데군데 붉은 피가 묻어 있었다. 나는 손을 이리저리 살펴봤지만 칼에 베인 곳은 없었다. 행여 유산 기가 있어 하혈을 한 건 아닐까 싶어 치마를 걷어 올리고 팬티를 살펴보기까지 했다. 하지만 어디에서도 피가 난 흔적은 없었다. 도대체 무슨 일인가. 나는 버섯을 싱크대 개수통으로 던져 넣으며 계속 고개를 갸우뚱거렸다.

그러던 어느 순간, 거실 소파 쪽에서 정체를 알 수 없는 괴상한 소리가 들려왔다. 어쩌다 베란다로 들어온 비둘기가 울대를 부풀리는 소리 같기도 했고, 다리 하나를 잘린 짐승이

버르적거리는 소리 같기도 했고, 주인이 없는 줄 알고 들어온 좀도둑이 갑자기 불이 켜지자 부랴부랴 몸을 숨기는 소리 같기도 했다. 나는 덜컥 겁이 났다. 식탁 위에 내려놓았던 부엌칼을 다시 집어 들고 조심스럽게 소리가 나는 곳으로 다가갔다. 그러자 고통으로 얼굴이 일그러진 그가 복부에서 피를 흘리며 소파 앞에 앉아 신음을 내고 있었다. 나는 하얗게 질려 그 자리에 우뚝 얼어붙었다. 하지만 그는 잠시 뒤 복부를 움켜쥐고 자리에서 일어나 휘청거리며 현관 쪽으로 걸어갔다. 그러고 나서 마지막 대사를 던지고 무대에서 퇴장하는 배우처럼 나지막이 중얼거린 뒤 문을 열고 밖으로 나가버렸다. 어쩌려고 그랬니? 이 고통을 어떻게 견디려고? 모든 것을 내가 짊어지고 가려고 했는데…… 미안하다. 나는 아무 것도 기억나지 않았다. 단지 내 손에 들려 있는 피 묻은 부엌칼이 상황을 설명하고 있을 뿐이었다.

관광버스를 향해 걸어가던 그녀는 야릇한 기류에 떠 있는 듯한 기분을 느낀다. 노파가 자신의 몸속에 이상한 성분을 집어넣고 사라진 건가. 눈을 감았다 뜰 때마다 주차장 안의 물체들은 점점 멀리 달아나버리고, 바로 눈앞에 있던 나무 한 그루는 어이없게 작아져 그것이 나무인지 점인지 구분이 되지 않는 상태다. 여기가 어디인가. 그녀는 한 걸음 한 걸음 발을 옮길 때마다 미끄러지듯 눈앞으로 다가서는 관광버스를 호기심 어린 시선으로 바라본다. 시공을 초월한 알 수 없는 세계로 자신이 들어와 있음을 온몸으로 감지한다.

관광버스 안은 어둠뿐이다. 그녀는 까치발을 하고 얼굴을 차창 가까이 붙여 다시 한 번 버스 안을 들여다본다. 어둠 속에서 내밀하게 움직이고 있는 검은 실루엣 하나를 발견한다. 똑 똑 똑, 그것이 사라질세라 서둘러 차창을 노크한다. 그 순간, 마치 그녀의 노크가 또 다른 세계의 문을 여는 암호인 양 관광버스의 문이 활짝 열린다. 그러자 그곳을 통해 많은 사람들이 눈부신 빛과 함께 쏟아져 나온다. 그들은 한결같이 하얀 옷을 입고 있다. 그녀는 남편의 말이 터무니없는 거짓이 아니었음을 실감한다. 그렇다면 검은 면사포를 쓴 여인을 만날 수 있을지도 모른다는 상상을 하며 그들의 움직임을 유심히 관찰한다. 그들은 여행을 떠나는 관광객들이 휴게소에 내린 것처럼 유쾌하게 웃고 떠들며 왔다 갔다 한다. 더없이 행복하고 자유로운 모습들이다. 이들이 정말 죽은 사람들의 영혼이란 말인가.

그녀는 발소리를 죽이고 관광버스의 문 쪽으로 다가간다. 그들과 부딪치지 않으려고 몸을 조심스럽게 움직인다. 하지만 그들은 아무도 그녀에게 신경을 쓰지 않는다. 그녀가 그 자리에 없는 것처럼 행동한다. 그녀는 그들 눈에 자신이 보이지 않는다는 사실을 자각한다. 좀 더 대담하게 그들 사이를 오가며 검은 면사포의 여인을 찾아다닌다. 하지만 어디에도 여인이 보이지 않자 마침내 용기를 내어 관광버스의 계단을 오른다. 그러면서 검은 마법 상자 같았던 버스 안이 문이 열리자 완벽한 빛의 세계로 바뀐 사실을 너무나 신기하게 생각한다. 그녀는 눈이 시렸지만 유일하게 커튼이 열려 있는 자리로 먼저 시선을 보낸다. 그리고 그곳에서 밖을 내다보고 있는 검은 면사포의 여인을 발견한다. 검은 면사포의 여인은 화장로 건물 꼭대기에서 피어오르는 검은 연기를 하염없이 바라보고 있다.

그녀는 통로에 아무도 없는 틈을 이용해 재빨리 여인의 옆자리로 다가가 앉는다. 여인의 얼굴은 깊고 맑고 투명한 물 같다. 한 점의 고통도 배어 있지 않은 듯하다. 육체를 벗어던지면 이렇듯 평안을 얻을 수 있는 건가. 여인의 옆모습을 한동안 바라보던 그녀는 왠지 울고 싶어진다. 다시금 죽고 싶다는 생각에 빠져든다.

문득 손목시계를 들여다본 그녀는 남편의 화장 시간이 거의 끝나가고 있음을 확인한다. 그때 관광버스 안으로 흰옷을 입은 사람들이 하나 둘씩 올라타기 시작한다. 그녀는 자신이 앉아 있는 자리의 주인이 오면 버스에서 내려야겠다는 생각을 한다. 하지만 사람들이 통로를 걸어올 때마다 제발 이 사람이 아니었으면 하고 간절히 기도한다. 다행히 자리의 주인은 좀체 나타나지 않는다. 마침내 그녀가 앉아 있는 곳 하나만 남기고 모든 자리가 채워졌을 때 그녀는 그대로 관광버스

2005. 3

를 타고 떠나기로 마음을 먹는다. 누가 와도 자리를 내주지 않겠다고 결심한다. 관광버스의 문이 서서히 닫히면서 빛이 조금씩 사그라지기 시작하자 안도의 한숨을 내쉰다. 그러고 나서 어서 빨리 문이 닫히고 관광버스가 출발하기를 바라는 초조한 마음을 달래기 위해 여인의 검은 면사포를 손끝으로 살짝 건드려본다. 하지만 그녀는 소스라치게 놀라 자리에서 일어난다. 잠시 여인의 두 눈을 들여다보더니 부랴부랴 관광버스에서 내린다. 놀랍게도 그녀가 죽음을 떠올리며 검은 면사포를 만지는 순간, 여인의 머리 위에 있던 그것이 거짓말처럼 사라진 것이다. 뿐만 아니라 그와 동시에 그녀의 아랫배에서 물방울이 보글거리며 터지는 듯한 야릇한 느낌이 감지된 것이다.

관광버스에서 내린 그녀는 눈을 감고 서서 아랫배에 정신을 집중한다. 온몸의 세포를 활짝 열고 신비한 생명의 꿈틀거림을 다시 한 번 감지한다. 그때, 빛처럼 빠른 속도의 차가운 기운이 그녀를 스치고 관광버스 안으로 들어간다. 그녀는 본능적으로 그것이 남편의 영혼일 거라는 생각을 한다. 하지만 그녀는 뒤도 안 돌아보고 주차장을 빠르게 가로지른다. 목탁소리와 염불 소리가 요란스럽게 느껴질 때서야 겨우 발걸음을 늦춘다. 그리고 장의차에서 내려진 관에 매달려 염불을 외느라 목청을 돋우고 있는 한 승복 입은 사내에게 다가가 다짜고짜 만 원짜리 한 장을 내민다. 얼떨결에 돈을 받아든 사내는 흉터가 있는 뺨을 손으로 문지르며 의아한 눈초리로 그녀를 주시한다. 그러더니 뭔가 생각난다는 듯 씨익, 입 꼬리를 치켜 올리며 합장을 한다. 사내가 새로 들어오고 있는 장의차를 향해 달려가자 그녀는 반대편으로 고개를 돌려 주차장을 빠져나가고 있는 관광버스를 바라본다. 그 순간, 그녀는 다시금 아랫배에서 태동을 느낀다. 죽은 자의 영혼을 품고 떠도는 바위, 시레네스의 섬을 건너온 생명의 움직임이리라.

리아논의 새

너는 영안실 입구에 서서 해가 지는 풍경을 바라본다. 현실을 일깨우는 숱한 소리가 허공을 붕붕거리며 떠다니고 있다. 오늘도 세상에 큰 족적을 남겼다는 누군가가 죽고, 그의 죽음을 애도하는 언설이 세상을 뒤덮었다. 죽은 자의 불행했던 어린 시절과 치열했던 젊은 날, 그리고 그가 세상에 남긴 업적을 기리는 사람들의 발길이 끊임없이 영안실을 들락거렸다. 그러나 너의 오랜 기다림은 완성되지 않았다. 태양이 뜰 때부터 태양이 질 때까지 기다렸지만 죽은 자의 진실을 대변한다는 신비스러운 빛의 형상은 끝내 나타내지 않았다. 죽기 전에 단 한 번만이라도 그 신비스러운 빛의 형상과 조우하고픈 너의 갈망은 고스란히 물거품이 되어버리고 말았다. 그리하여 오늘도, 진실이 사라진 세상에서 거래되는 게 오직 진실뿐이라는 걸 이미 오래전에 깨우친 너는 죽음의 터전을 떠나지 못한다. 단 한 번만이라도 인간의 이름으로 증명되는 진실의 형상을 보고 싶기에. 하지만 해가 지고 어둠이 내리고, 다시 해가 뜨고 어둠이 내려도 너의 기다림은 끝내 완성되지 않는다.

리아논의 새는 어디 있는가.

휴일 아침, 나는 병원의 홈페이지를 통해 정체불명의 메일 한 통 받았다. 편지의 내용은 황당했다. 아무런 사연도 없이 만나자는 한 줄의 내용과 함께 약속 시간과 장소가 일방적으로 적혀 있었다. 그리고 이런 추신이 붙어 있었다. 참고로 말씀드리자면 저는 유명한 소설가입니다. 뭐 이런 무례하기 짝이 없는 인간이 있나 싶어 은근히 부아가 치밀던 나는 상대가 유명한 소설가라는 사실에 마음이 누그러졌다. 나는 정신과 전문의로 어느 정도 성공을 거두고 있었지만 소설가가 되고자 했던 어린 시절의 꿈을 떨쳐버리지 못하고 있었다. 아니 솔직히 말하자면 몇 해 전 온갖 악조건 속에서도 열심히 소설을 써 한 문예지를 통해 소설가로 데뷔했지만 걸림돌이 많아 전혀 소설 작업을 못하고 있는 처지였다. 정작 내가 가장 하고 싶었던 일이 정신과 전문의로 성공하는 게 아니라 소설가로서 좋은 작품을 쓰는 것이었음에도 불구하고 말이다.

카페 '화요일' 2층에는 손님이 별로 없었다. 현관으로 들어선 나는 곧바로 바 쪽으로 가며 사람들을 살펴보았다. 하지만 유명한 소설가라고 할 만한 사람은 보이지 않았다. 나는 바에 앉아 알코올 성분이 없는 맥주를 주문했다. 그런데 기분이 묘했다. 마치 누군가에게 감시당하고 있는 듯한 느낌이 든 때문이었다. 왜 이런 기분이 드는 걸까. 천천히 맥주 한 잔을 비운 나는 다시 한 번 실내를 둘러보았다. 아까는 대충 훑어보았던 사람들을 이번엔 하나하나 눈여겨보았다. 검은 모자를 눌러 쓴 한 남자가 눈에 들어왔다. 남자는 한쪽 구석에 앉아 신문을 펼쳐 들고 있었다. 언제 들어온 걸까, 나는 어디서 많이 본 듯한 그에게서 시선을 떼지 못했다. 내 입에선 절로 탄성이 흘러나왔다. 왜냐하면 남자는 틀림없이 나와 이름이 같은 유명한 소설가 이규였고, 나는 그의 작품을 하나도 빼놓지 않고 다 읽은 열렬한 독자였기 때문이다. 특히 한눈을 팔지 않고 고집스레 순수 문학을 지향해 온 그에게서 나는 깊은 신뢰감을 느끼고 있었다. 나를 비롯해 세상의 모든 인간들이 그릇된 생각에 휘둘려 날뛰어도 마지막 순간까지 의연하게 버티고 서 있을 것 같은 사람이 바로 그였던 것이다.

하지만 정말 이상한 일이었다. 내가 아무런 의심 없이 남자 앞으로 다가갔을 때 그는 뜨악한 표정으로 나를 올려다보았다. 똑바로 뜬 두 눈은 무슨 일이냐고 묻고 있었다. 남자에게서 강한 기(氣)가 느껴졌다. 누구라도 절로 주눅이 들 정도였다. 어제 제게 메일을……. 나는 머쓱해져 말꼬리를 흐렸다.

무슨 말씀을 하시는 건지 모르겠군요. 저에게 볼일이라도 있습니까? 남자는 정색을 하고 또박또박 되물었다. 죄송합니다, 제가 당신을 소설가 이규 씨로 착각했습니다. 나는 낭패감에 얼굴을 붉히며 대답했다. 남자는 별 볼일 없으면 꺼지라는 표정으로 나를 쳐다보았다. 나는 멋쩍은 웃음을 지으며 남자에게 거듭 죄송하다고 말한 뒤 바의 원래 자리로 돌아와 앉았다. 그러면서 남자가 소설가 이규와 무척 닮았다는 생각을 했다.

출입문이 열릴 때마다 혹시나 하는 심정으로 실내로 들어서는 사람들을 살피던 나는 점점 맥이 빠졌다. 내가 누군가의 장난질에 걸려든 것인지도 모르겠다는 생각이 들기 시작했다. 메일을 보낸 자가 어디선가 나의 행동을 지켜보며 낄낄거리고 있는 것 같아 화가 나기까지 했다. 내가 익명의 편지 한 통에 휘둘려 이렇게 어처구니없는 짓을 하다니, 제기랄! 나는 더 이상 참지 못하고 남은 맥주를 컵에 따라 벌컥벌컥 마시고 자리에서 일어났다. 하지만 미련 없이 카페를 나가야 했음에도 그 자리에 서서 꼼짝도 하지 못했다. 마치 길을 잃은 느낌이었다. 길게 한숨을 내쉬고 나서 나는 다시 자리에 주저앉았다.

얼떨떨한 표정으로 나의 눈치를 살피는 바텐더에게 나는 위스키를 주문했다. 그리고 양손으로 턱을 고이고 눈을 질끈 감았다. 그때였다. 누군가 내 옆으로 바짝 다가선 느낌과 함께 말소리가 들려왔다. 제가 소설가 이규인 건 맞습니다. 나는 반사적으로 눈을 뜨고 고개를 돌려 말소리의 주인을 쳐다보았다. 정색을 하던 조금 전과는 달리 검은 모자를 눌러쓴 남자가 하얗게 이를 드러내고 웃고 있었다. 지금 뭐 하시는 겁니까? 나는 어리둥절했지만 따지듯 그에게 물었다. 그건 바로 제가 묻고 싶은 말입니다. 그가 다시 정색을 하며 대꾸했다. 뭐라고요? 지금 저를 놀리시는 겁니까? 나는 절로 언성이 높아졌다. 그러자 그가 나보다 더 기막히다는 표정을 지으며 빠르게 중얼거렸다. 나는 분명히 소설가 이규입니다. 이 근처에 볼일이 있어 왔다가 커피나 한잔 마시려고 이곳에 들어왔습니다. 그런데 당신이 내게 다가와 말을 걸었습니다. 마치 나와 만나기로 약속한 사람처럼 말입니다. 나는 그런 사실이 없었기에 처음엔 당신이 다른 사람과 나를 착각한 거라고 여겼습니다. 그런데 당신 입에서 정확하게 제 이름이 거론됐습니다. 정말 이상한 일이지 않습니까? 만약 당신이 제 입장이라면 어떻게 된 일인지 궁금하지 않겠습니까?

소설가 이규의 말을 듣자 나는 혼란스러웠다. 하지만 그의 말은 일리가 있었다. 그래서 그의 눈치를 살피며 일단 내 옆자리에 앉기를 권했다. 그리고 메일을 받은 이야기를 비롯해 자초지종을 자세히 설명해 주었다. 물론 나도 소설가라는 말은 입 밖에 내지 않았다. 나의 설명을 들은 그는 어이없다는 표정으로 웃었다. 그러고 나서 난 그런 줄도 모르고 당신을 미친놈일 거라고 생각했으니…… 당신이 정말 정신과 의사란 말이지요? 하고 의미심장한 미소를 지었다. 나는 메일을 받은 뒤부터 나에게 일어난 일들이 정리가 되지 않았지만 그와 마주 보고 웃지 않을 수 없었다. 오전 내내 메일을 보낸 소설가가 누구인지 궁금하여 유명하다는 소설가는 모두 떠올려보았고, 결국 그 당사자가 나와 이름이 같으면서 내가 가장 좋아하는 소설가 이규라면 더없이 좋겠다는 생각을 하고 있었던 것이다.

첫 대면은 순탄하지 않았지만 오해가 풀리자 소설가 이규와 나는 곧 의기투합했다. 특히 그와 내가 동명이인이라는 사실에 더욱 분위기가 고조되었다. 그러고 보니 차림새가 달라서 그렇지 우린 얼굴까지 서로 닮았다며 농담을 주고받았다. 하지만 어느 순간부터인가 나는 마음이 심란해지기 시작했다. 그의 정신 상태가 정상이 아닌 것 같았고, 나에게 메일을 보낸 당사자이면서도 감쪽같이 나를 속이고 있는 것 같다는 생각이 들어서였다. 이규는 몇 번 술잔이 오가고 서먹서먹한 기운이 가시자 많은 이야기를 했다. 특히 자신이 심취해 있는 신화에 대해 열변을 토했다. 나는 그의 해박한 지식에 속으로 감탄사를 연발했다. 고개를 끄덕이며 열중하여 그의 이야기를 경청했다. 그는 신들의 복수, 천상의 빛, 죽음의 표적, 메두사의 머리, 시레네스의 섬, 시빌레의 동굴, 라티움 산의 요정, 풀리아의 목동, 그리고 인간의 형상을 잃고 개가 된 헤카

베, 해변에서 눈물을 흘리는 트로이아의 여자들, 새가 된 디오메데스의 부하 등에 관해 이야기했다. 또한 반은 소의 모습이고 반은 사람의 모습인 괴물 미노타우로스의 최후를 표현한 피카소의 그림과 바쿠스와 아리아드네를 표현한 티치아노의 그림을 본 적이 있느냐고 묻기도 했다. 급기야 중세 신화까지 훑고 내려와 내가 전혀 알지 못하고 있던 리아논의 새에 관한 이야기까지 들려주었다. 그의 말에 의하면 리아논의 새란 영웅이나 훌륭한 인물이 죽으면 그 장소에 나타나 죽은 자를 애도하여 울부짖는 신화 속의 새였다.

사실 신화 얘기를 할 때까지도 나는 소설가 이규에게서 이상한 점을 발견하지 못했다. 그가 신화 속에 나오는 그 많은 인물들의 이름을 글자 하나 틀리지 않고 정확히 꿰고 있는 것이 너무 지나치다 싶었지만 다른 사람이 아닌 소설가 이규였기에 얼마든지 가능한 일이라고 여겼다. 그랬는데 그는 리아논의 새에 관한 이야기를 하면서 갑자기 엉뚱한 말을 지껄여대기 시작했다. 자신이 얼마 전부터 텔레비전 뉴스 앵커에게서 리아논의 새에 관한 메시지를 받고 있다고.

소설가 이규는 그런 황당무계한 말을 지껄이고 나서 두 눈을 가늘게 뜨고 기이한 표정으로 웃었다. 나는 정신이 아찔했다. 텔레비전에 나오는 사람이 자신에게 메시지를 준다든지, 이웃에 살고 있는 사람이 전자파로 자신을 조정한다든지 하는 식의 이야기는 망상에 사로잡힌 정신 분열증 환자들이 흔

히 하는 소리였던 것이다.

그러나 나는 모든 긍정적인 사고를 동원해 소설가 이규가 정상이라는 것을 나 자신에게 설명하려고 노력했다. 설사 그가 정신 분열증 환자들과 유사한 말과 행동을 한다고 해도 그건 다른 차원으로 이해할 일이라고 애써 합리화했다. 그리고 정신과 전문의인 나를 놀리려고 그가 농담을 한 거라는 생각까지 하며 일부러 크게 웃음을 터뜨렸다. 하지만 아무리 아니라고 우겨도 아닌 건 아닌 법. 나는 결국 그가 사고의 혼란을 겪고 있다는 사실을 시인하지 않을 수 없었다. 점점 황당무계한 이야기를 늘어놓았기 때문에 그가 정신 분열증 환자들과 하등 다를 바 없다는 사실을 끝끝내 부정할 수 없었던 것이다.

그는 얼마 전 뉴스 앵커의 메시지를 받고 어느 시골 마을을 찾아간 적이 있다고 했다. 그곳에서 생애 처음으로 앳된 소녀의 얼굴에 물새의 몸통을 가진 리아논의 새를 보았다고 했다. 그런데 훌륭한 사람이 죽은 곳에 나타난다는 리아논의 새가 저수지에 빠진 주인을 구하고 대신 죽은 개의 주검 앞에 나타나 애도의 눈물을 흘린 것은 정말 알 수 없는 일이라고 했다. 지난 몇 달 사이에 존경받는 대문호, 청렴결백한 정치인, 숭고한 사상가, 종교계의 큰 별이라고 불리던 몇몇 훌륭한 인물들이 세상을 떠나 사회가 떠들썩했지만 거기엔 리아논의 새는커녕 까마귀조차 날아들지 않았다고 했다. 그걸 어떻게 해석해야 할지 무척 곤혹스럽다는 거였다.

나는 소설가 이규가 무슨 말을 하고 싶은지 알 수 있었다. 하지만 그의 망상까지 긍정적으로 받아들일 수는 없었다. 어쩔 수 없이 직업적인 기질을 발휘해 그의 터무니없는 말을 막고 나섰다. 뉴스 앵커가 어떤 방법으로 당신에게 메시지를 전달하나요? 나의 질문에 그는 조금도 흔들림 없이 뻔뻔스럽게 대답했다. 그건 저도 정확히 설명할 수 없습니다. 텔레비전을 통해 흘러나오는 앵커의 말을 집중해서 듣다보면 절로 알게 되지요. 처음엔 앵커의 입에서 튀어나온 문장들을 해체하고 다시 조립하느라 무수한 조각의 퍼즐을 맞추는 것처럼 힘들었지만 요즘엔 거의 직감적으로 메시지를 파악하고 있답니다. 나는 모호한 그의 대답에 만족하지 않고 집요하게 다시 물었다. 대체 무슨 말인지 알아듣기가 어렵군요. 그러니까 앵커의 보도를 나름대로 재해석하면 리아논의 새에 관한 메시지가 된다는 겁니까? 그는 냉소적인 표정으로 나를 빤히 노려보며 동문서답했다. 지금 저를 미친놈 취급하고 있군요. 나는 어떻게 대꾸를 해야 할지 몰라 잠시 안절부절못했다. 그러자 그가 따지듯 다시 입을 열었다. 나름대로의 재해석이라뇨? 그런 질문을 하는 건 저를 미친놈이라고 판단한 때문이겠죠? 나는 그의 말에 부정도 긍정도 하지 않았다. 그의 해석에 따라 긍정이 부정이 될 수 있고, 부정이 긍정이 될 수 있는 상황이었다. 논리적 사고가 깨진 사람에게 그런 질문을 던졌다는 것 자체가 이미 미친 짓이었던 것이다.

저녁 무렵이 돼서야 나는 소설가 이규와 헤어졌다. 카페를 나온 나는 곧장 퇴근하고 싶었지만 일단 병원으로 갔다. 정신과 병동 입구에서부터 간호사가 얼굴을 붉히며 나를 맞았다. 점심 식사를 하러 나간 의사가 예약 환자들이 기다리는데 퇴근 시간이 훨씬 지난 뒤에야 나타났으니 충분히 그럴 수 있었다. 더욱이 나의 장인인 원장이 내가 없어진 것을 알고 그녀를 엄청 들볶았을 터였다. 나는 짜증이 났지만 좀체 원망의 시선을 거두지 못하고 있는 간호사의 어깨를 토닥이며 미안하다고 말했다. 그제야 간호사는 하루 종일 난리가 났었어요, 원장님이 어찌나 화를 내시던지…… 환자들에겐 가까운 친척이 돌아가셨다고 했어요, 하고 말했다. 그리고 이젠 또다시 애먹이지 말라는 듯 다음 날 상담해야 할 환자들의 명단과 다시 예약 시간을 잡은 환자들의 명단을 내 코앞에 내밀었다. 나는 그것을 받아들고 건성으로 훑어본 뒤 서둘러 상담실로 들어갔다.

술기운 때문인지 상담실 안은 무척 더웠다. 허둥지둥 외투를 벗어 소파 위로 던진 나는 컴퓨터의 전원 스위치를 켰다. 익명의 편지를 다시 한 번 확인하기 위해서였다. 그때 똑똑똑, 노크 소리에 이어 상담실 문이 슬그머니 열렸다. 간호사가 열린 문 사이로 고개를 들이밀고 말했다. 선생님, 더 늦기 전에 입원실 회진 먼저 했으면 좋겠어요. 나는 부팅이 되고 있는 모니터에서 시선을 떼지 않은 채 대답했다. 오늘은 생략

하자고. 하지만 나는 잠시 뒤 출입문 쪽으로 시선을 돌려 간호사를 쳐다보았다. 그녀가 그대로 문을 열고 서서 이상하다는 눈초리로 나를 지켜보고 있었다. 나는 미간을 찌푸리고 한껏 신경질적인 어조로 물었다. 왜? 간호사는 잔뜩 기가 죽어 목구멍으로 기어들어 가는 소리로 대꾸했다. 아뇨…… 그냥, 평소의 선생님 모습이 아닌 것 같아서요.

간호사가 상담실 문을 닫고 나가자 너는 모니터를 응시하고 마우스를 이리저리 움직인다. 이틀 전에 새로 만든 메일을 열고 편지 쓰기를 클릭한다. 받는 사람 주소란에다 너의 메일 주소를 입력하고 '리아논의 새'라고 제목을 붙인다. 그리고 기계적으로 편지의 내용을 두드린다. 오늘도 주어진 임무를 다하려고 날개가……. 너는 마지막으로 물음표를 힘껏 찍은 뒤 서둘러 보내기를 누른다. 익명의 인간이 되어 너 자신에게 편지 쓰기를 마친 너는 눈을 가늘게 뜨고 아랫입술을 지그시 깨문 채 낮은 소리를 내어 웃는다. 그때 또다시 상담실 문이 열린다. 그곳으로 다시금 간호사가 들어온다. 너는 특유의 웃음소리를 그치고 않고 출입문 쪽으로 고개를 돌린다. 하지만 너의 시선은 간호사가 아닌 간호사의 머리 위 허공에 닿아 있다. 간호사는 선뜻 너의 곁으로 가까이 다가오지 못한다. 문고리를 잡고 서서 조심스럽게 말한다. 선생님, 전화 받으세요, 원장님께서 전화하셨어요. 하지만 너는 간호사의 말을 알아듣지 못한다. 아니 그녀가 곁에 있는 것조차 의식하지 못하고 이상한 행동을 하기 시작한다. 갑자기 자리에서 일어나 멍하니 서 있다가 알아들을 수 없는 말을 중얼거리며 자리를 맴돈다. 너의 행동에 얼굴이 하얗게 질린 간호사가 이번엔 울먹이며 너를 부른다. 선생님! 그 순간, 문득 제자리에 멈춰 선 너는 간호사를 멀뚱히 쳐다본다. 그러다가 곤혹스러운 표정을 지으며 실내를 둘러본 뒤 다시 간호사를 쳐다본다. 간호사는 곧 울음을 터뜨릴 것 같은 얼굴로 묻는다. 선생님, 오늘 왜 그러세요?

원장의 전화를 받으라는 간호사의 말을 무시하고 병원에서 나와 집으로 향하던 나는 방향을 틀어 다시 카페 '화요일'로 갔다. 술에 취해 몸을 가누지 못하는 소설가 이규를 남겨 두고 먼저 나온 것이 신경에 거슬린 때문이었다. 하지만 카페에는 그가 없었다. 나는 바텐더에게 소설가 이규가 언제쯤 돌아갔는지 물어보았다. 오늘 그런 손님 없었는데요. 바텐더는 머리를 긁적이며 저능아 같은 표정으로 대답했다. 나는 그의 기억을 상기시켜 주기 위해 그럼 내가 누군지는 알아보겠느냐고 다그치듯 다시 물었다. 물론이죠. 아까 혼자 이 자리에 앉아서 맥주와 위스키를 드시지 않았습니까? 바텐더는 자신이 무시당하는 느낌이 들었는지 갑자기 말투를 달리했다. 자신의 말이 틀림없음을 못 박듯 상당히 도전적인 어투로 대답했

다. 않았습니까? 하고 끝 부분을 발음할 땐 제식 훈련을 받는 군인들의 절도 있는 모습이 연상될 정도였다. 나는 작은 소리로 멍청한 놈! 하고 중얼거리며 돌아섰다. 그러자 등 뒤에서 누군가를 향해 중얼거리는 바텐더의 음성이 들려왔다. 저 자식 말야, 아까 정신병자처럼 혼자 중얼거리면서 술 처먹던 그 새끼 맞지? 미친놈!

장인에게 전화를 했느냐는 아내의 말에 나는 아무런 대꾸도 않고 서재로 들어갔다. 컴퓨터 앞에 앉아 인터넷을 연결하고 병원 홈페이지를 열자마자 메일을 확인했다. 새 편지함에 메일이 하나 당도해 있었다. 두 번째로 받는 익명의 편지였다. 편지를 읽어본 나는 피식, 웃지 않을 수 없었다. 메일을 보낸 사람이 소설가 이규일 거라는 내 짐작이 맞았고, 짧은 편지의 내용이 사춘기 소녀의 글처럼 유치한 구석이 있었기 때문이다.

— 오늘도 주어진 임무를 다하려고 날개가 아프도록 세상을 날아다녔지만 헛수고였습니다. 도대체 훌륭한 사람들은 모두 어디로 사라진 걸까요?

메일을 로그아웃한 나는 두 시간 가량 멍하니 어둠 속에 앉아 있었다. 서재 문을 열고 들어온 아내가 전등을 켜고 나서야 비로소 정신을 차릴 수 있었다. 아내는 진저리를 치며 물었다. 어휴! 지긋지긋해! 또 그 소설 병이 도진 거야? 나는 아내가 무척 낯설게 느껴졌다. 내가 무엇을 하고 있는지 감시하기 위해 존재하는 사람처럼 보였다. 다짜고짜, 문 닫고 나가! 하고 외쳤다. 아내는 서재를 나가기는커녕 내 앞으로 한 걸음 다가서며 말했다. 이제 포기할 때도 됐잖아, 왜 또 갑자기 이러는 거야? 나는 의자에서 일어나 아내에게 등을 돌리며 대꾸했다. 제발, 나 좀 내버려 둬! 하지만 아내는 항상 그래왔던 것처럼 조금도 물러서지 않고 악을 써댔다. 아버지가 당신에게 병원을 물려준다고 하잖아. 그때까지만 참으라는데, 그게 그렇게 힘든 거야?

나는 숨이 막혔다. 창문을 활짝 열고 서서 아내가 어서 서재에서 나가주기만을 기다렸다. 하지만 아내는 계속해서 나에게 무선 전화기를 들이댔다. 당장 장인에게 전화를 걸어 용서를 빌라는 거였다. 나는 말할 수 없이 짜증이 났다. 말없이 병원을 이탈한 것은 옳은 일이 아니었지만 그렇다고 용서까지 빌어야 할 정도는 아니라는 생각이 들었다. 더군다나 인간미라곤 눈곱만큼도 찾아볼 수 없는 장인의 무지막지한 폭언을 듣는 것은 정말 끔찍한 일이었다. 아니 인간에 대한 기본적인 예의조차 없는 장인과의 대면은 항상 나를 슬프게 했기 때문에 적개심마저 일었다.

아내의 손에 들려 있는 전화기를 빼어 문밖으로 힘껏 집어던진 나는 무섭게 아내를 노려보았다. 그러자 아내는 주춤 뒤로 물러섰다. 하지만 다시 기세등등하게 그까짓 소설 나부랭이 운운하며 핀잔을 주기 시작했다. 그 순간 내 눈에는 아무것도 보이지 않았다. 아내도 보이지 않았다. 내 눈앞엔 언론에서 정신문화를 논할 때마다 어김없이 등장하는 훌륭한 인물, 존경받는 정신분석학자이며 나의 대학 스승이기도 한 조한규 박사, 병원을 물려주겠다는 빌미로 나의 영혼을 무시로 짓밟는 장인이 서 있을 뿐이었다. 문득 소설가 이규의 말을 떠올린 나는 웃음이 터져 나왔다. 훌륭한 인물들이 세상을 떠나 사회가 떠들썩했지만 거기에 리아논의 새는커녕 까마귀조차 날아들지 않았다는 사실을 어떻게 해석해야 할지 모르겠다는 말.

아빠!

딸아이의 날카로운 비명에 나는 화들짝 놀라 정신을 차렸다. 어찌된 일인지 아내가 목을 감싸 쥐고 캑캑거리며 내 앞에 쓰러져 있었고, 딸아이가 주먹으로 내 옆구리를 마구 때리며 자지러지게 울고 있었다. 나는 그런 딸아이와 초주검이 된 아내를 번갈아 쳐다보았다. 그들과 다른 차원의 공간에 내가 서 있는 것 같았다.

아내와 딸아이가 떠나버린 집 안은 적막하다. 전화도 걸려오지 않는다. 한 달째 문밖으론 한 걸음도 나가지 않은 너의 모습은 유령 같다. 움푹 꺼진 퀭한 눈, 툭 튀어나온 광대뼈,

수염이 덮인 뾰족한 턱, 가는 팔다리, 흐느적거리는 몸…… 체중이 절반가량 줄었지만 너는 먹는 일에는 거의 신경을 쓰지 않는다. 주로 침대에 누워 생각에 잠긴 채 시간을 보낼 뿐이다. 그러다가 갑작스럽게 자리에서 일어나 미친 듯 자판을 두드리며 소설을 쓰기도 한다. 꼬박 이틀 반 동안 자판을 두드리다 실신한 적도 있다. 어쨌든 모든 것이 떠난 자리, 이제 너에게 남겨진 것은 오직 소설뿐이다. 다시 말해 네가 절대고독 속으로 가라앉자 비로소 소설이 너와 일체가 된 것이다. 누가 절대군주제의 원리를 '군주는 법으로부터 해방된다'라는 법언(法言)으로 표현했던가. 너는 지금 절대소설의 상태에 빠져 있다. 그리하여 소설은 세상으로부터 해방된다.

소설 쓰는 일에 몰두하던 나는 자정이 되면 어김없이 텔레비전을 켜기 시작했다. 세상으로부터의 고립이 불안해서 그런 건 아니었다. 소설가 이규가 메시지를 전달받고 있다는 앵커의 뉴스를 시청하기 위해서였다. 어느 순간부터인가 난조에 빠져 단 한 줄의 글도 쓰지 못하고 있었다. 내가 왜 소설을 써야 하는지에 대한 답을 찾을 수 없었다. 때문에 나는 리아논의 새를 본 적이 있다는 소설가 이규가 부러워지기 시작했다. 현실과 비현실, 시간과 공간을 미치도록 방황하며 한줄기 구원의 빛을 찾아 헤매는 소설가. 리아논의 새를 통해 인간들의 가증스러운 허위의식을 파헤치려는 그의 노고가 나로서는 존경스럽기까지 했다. 그가 비록 정신병자처럼 보일지라도 말이다. 미친 세상을 함께 미쳐 날뛰는 것이 정상으로 간주되는 현실, 바로 그런 현실에서 그가 정상이 아니기에 그렇듯 좋은 소설을 쓰는 것이 아니겠는가. 나는 비록 망상일지라도 누군가의 주검 옆에 나타나 애도의 눈물을 흘리는 리아논의 새를 보고 싶었다. 그럴 수만 있다면 이규처럼 좋은 소설을 쓸 수 있을 것 같다는 생각이 들었다.

염병할!

소설가 이규가 일러준 뉴스 앵커의 말을 아무리 집중해서 들어도 나는 리아논의 새에 관한 메시지를 얻을 수 없었다. 보도 내용을 녹음하고, 앞뒤로 끼워 맞추며 분석해 보아도 결과는 마찬가지였다. 그러자 내 입에선 절로 욕설이 튀어나왔다. 하지만 나는 리아논의 새를 보고 싶다는 열망을 도무지 다스릴 수 없었다. 결국 소설가 이규와의 접촉을 시도했다.

이틀에 걸쳐 네 번이나 메일을 보냈지만 소설가 이규는 아무런 답장을 보내오지 않았다. 메일 대신 뜻밖의 전화가 걸려왔다. 한 달 만에 처음으로 울리는 전화벨 소리에 나는 가슴이 쿵쾅거렸다. 수화기를 잔뜩 노려보며 받아야 할지 말아야 할지 망설였다. 벨 소리는 멈추지 않고 내가 받을 때까지 끈질기게 울렸다. 마치 상대가 나의 모습을 지켜보며 전화를 걸고 있는 것 같았다. 여보세요? 나는 기어들어 가는 목소리로 겨우 응답했다. 이규 씨? 나 이규입니다. 그동안 잘 지내셨습니까? 소설가 이규는 단조로운 톤으로 중얼거리듯 말했다. 당신이 어떻게……. 나는 감격에 겨워 말을 잇지 못했다. 제가 전화를 드린 건 당신에게 리아논의 새를 보여주기 위해서입니다. 그는 여전히 단조로운 어조로 중얼거렸다. 아! 제 메일을 받으셨군요? 나는 반가움을 감추지 못하고 확인하듯 물었다. 메일이라뇨? 저는 그런 것 받은 적 없습니다. 지난번부터 자꾸 저에게 메일 얘기를 들먹이는데 도대체 왜 그러시는 겁니까? 그는 다소 짜증스러운 어투로 되물었다. 죄송합니다. 나는 그의 심기를 건드리지 않기 위해 재빨리 대꾸했다. 아무튼, 간단히 말씀드리겠습니다. 어젯밤에 나는 당신이 근무하는 병원 영안실에 리아논의 새가 나타날 거라는 메시지를 받았습니다. 왠지 당신도 관심이 있을 거라는 생각이 들어서 전화를 한 거죠. 요컨대 당신의 메일과는 아무 상관이 없다는 겁니다.

만나자는 약속을 하고 전화를 끊은 뒤부터 나는 극심한 불안감에 시달리기 시작했다. 낄낄거리며 웃기도 하고, 갑자기 표정이 굳어져 돌처럼 서 있기도 했다. 그것은 마치 감정 표현이 말이나 생각과 일치하지 않는 정신 분열증 환자의 '부적절한 정동반응' 같았다. 병원 영안실에 갈 생각을 하면 여러 가지가 걱정스러운 데도 웃음이 나왔고, 리아논의 새를 볼 생각을 하면 너무 좋은 데도 표정이 심각하게 굳어졌던 것이다.

하지만 나는 곧 정신을 가다듬고 당장 내가 해야 할 일이 무엇인지를 생각하기 시작했다. 우선 거울 앞으로 다가갔다. 음식을 섭취하지 않아 온몸이 후들거리는 상태로는 도저히 외출을 할 수 없을 거라는 생각이 들었다. 두 눈이 예전보다 살아서 반짝이는 게 그나마 다행이라는 생각을 하며 나는 부엌으로 달려갔다. 싱크대 위에는 음식들이 썩어서 악취를 풍기고 있었다. 한 입 베어 물고 버린 사과, 마개가 열린 병 안에 허연 곰팡이가 둥둥 떠 있는 오렌지 주스, 토스터기 속에서 말라비틀어진 식빵 한 조각, 유리잔에 반쯤 남아 두부처럼 굳어버린 우유, 플라스틱처럼 변해 윤기가 흐르는 슬라이스 치즈 두 조각……. 그것들을 쓰레기봉투에 담으며 나는 지난 한 달 동안 내가 사과 한 입, 오렌지 주스 두어 잔, 식빵 몇 조각, 우유 반 잔, 치즈 서너 조각과 물만 먹고 견뎠다는 사실을 알아차렸다.

나는 냉장고에 남아 있는 야채와 고깃덩어리를 한꺼번에 압력솥에 넣고 물을 부은 뒤 오랫동안 끓였다. 그러고 나서 그것을 그릇에 담아 소금을 뿌린 뒤 천천히 먹기 시작했다. 자꾸만 헛구역질이 올라왔지만 억지로 참고 목구멍 안으로 꾸역꾸역 밀어 넣었다. 겨우 한 그릇을 비웠는 데도 위가 쇳덩어리를 삼킨 것처럼 묵직했다. 하지만 나는 기력을 회복하기 위해선 더 먹어야 한다는 생각을 하며 그대로 식탁에 앉아 있었다. 그런데 어느 순간, 나는 자지러지게 놀라 자리에서 벌떡 일어났다. 찰카닥 하고 누군가 열쇠로 현관문을 여는 소리가 들려온 때문이었다.

곧이어 거침없이 집 안으로 들이닥치는 구둣발 소리, 씨근덕거리는 숨소리. 잔뜩 겁에 질린 나는 재빨리 부엌 뒤쪽의 다용도실로 몸을 숨겼다. 그러자 잠시 뒤, 없어? 하는 장인의 말소리와, 음식이 아직 따뜻한데요, 방금 나간 거 같아요, 하는 병원 남자 간호사들의 말소리가 들려왔다. 극도의 위기감을 느끼며 나는 온몸을 떨기 시작했다. 장인이 남자 간호사들을 앞세워 들이닥친 이유를 알 것 같았다. 귀한 외동딸의 목을 조른 나를 정신 병원에 가둬버리겠다는 비열한 복수심. 그것이 무자비한 침략처럼 온 집 안을 난장판으로 만들고 있는 것이었다. 나는 벽과 나란히 설치된 간이 옷걸이에 걸린 철 지난 옷가지를 헤치고 그 안으로 들어갔다. 딸아이와 술래잡기를 하며 놀아줄 때 두어 번 성공적으로 숨던 곳이었다. 숨소리를 죽이고 몸을 한껏 웅크린 채 나는 귀를 기울였다. 분주하게 움직이며 이곳저곳 방문을 여닫는 소리, 악취를 견디기 힘든 듯 창문부터 열라고 외치는 장인의 말소리, 그리고 마침내 다용도실로 점점 다가오는 발소리……. 걷잡을 수 없이 고조되는 공포감을 견디지 못한 채 나는 두 눈을 질끈 감아버리고 말았다.

그 순간, 나는 누군가 내 손을 가볍게 낚아채 이끄는 듯한 느낌을 감지했다. 그리고 엄청나게 빠른 속도감에 휩싸여 순식간에 알 수 없는 세계로 빨려 들어갔다. 도대체 무슨 일인

가. 나는 나를 어디론가 인도하고 있는 신비한 생명체를 바라보았다. 거대한 미생물처럼 생긴 그것은 분홍빛 기운이 감도는 투명 젤리 같았다. 몸 전체에서 수시로 뻗어 나왔다 들어갔다 하는 눈부신 위족(僞足)을 미세하게 이용해 그것은 몸을 움직였다. 반질반질한 바닥을 미끄러지듯 유연하게 걷다가 가볍게 공중으로 날아오르기도 하고, 슬로비디오를 보는 것처럼 몸을 놀리다가 눈 깜짝할 사이에 사라졌다 다시 나타나기도 했다. 속도를 자유자재로 조절해 움직이는 아름답고 우아한 무정형의 생명체. 나는 그것의 정체가 너무나 궁금했다. 그래서 조심스럽게 팔을 뻗쳐 그것을 살짝 건드려보았다. 하지만 신기하게도 내 손에 만져지는 것은 아무것도 없었다. 이럴 수가! 나는 내 손을 그대로 통과시키는 생명체를 넋을 잃고 바라보았다. 그러다가 호기심을 참지 못한 채 너는 누구냐고 나른하게 중얼거려 보았다. 그러자 그것이 아무 소리도 내지 않고 마치 독심술을 하듯 내 머릿속으로 자신의 메시지를 밀어 넣었다.

—나는 리아논의 새입니다.

나는 불안과 동경이 뒤섞인 눈빛으로 신비로운 생명체를 바라보았다. 하지만 그것은 자신의 응답을 증명이라도 하듯 갑자기 온몸으로 찬란한 빛을 마구 뿜어대기 시작했다. 그리고 신기하게도 소녀의 얼굴에 물새의 몸통을 가진 한 마리 새로 변해 내 주위를 맴돌며 날기 시작했다. 나는 너무나 감격

스러워 눈물이 날 지경이었다. 그건 내가 그토록 보고 싶어 한 진실의 형상, 소설가 이규가 보았다는 리아논의 새가 틀림없었다. 하지만 다음 순간, 나는 말할 수 없는 안타까움에 휩싸인 채 허공으로 마구 손을 휘젓기 시작했다. 쾅 하고 현관문 닫히는 소리에 리아논의 새는 물론 내가 빨려 들어간 신비한 세계가 물거품처럼 사라진 때문이었다.

신비로운 생명체의 여운이 가시지 않아 얼떨떨했지만 나는 옷가지를 헤치고 기어나가 내가 숨어 있던 곳을 물끄러미 내려다보았다. 어째서 간호사가 나를 발견하지 못했는지 이해가 되지 않았다. 또한 리아논의 새가 왜 하필이면 그 순간 내 앞에 나타났는지 궁금하기 짝이 없었다.

장인과 간호사들이 구둣발로 마구 짓밟고 떠난 집 안은 더욱 난장판이 되어 있었다. 나는 거실 바닥에 팽개쳐져 있는 시계를 보며 베란다로 다가갔다. 소설가 이규와의 약속 시간이 얼마 남지 않았음을 상기하며 최대한 몸을 숨기고 주차장을 내려다보았다. 우려했던 대로 주차장 한구석엔 범인을 잡기 위해 잠복근무를 하듯 병원 구급차가 세워져 있었다. 전면창으로 하얀 간호복을 입은 사람들의 실루엣이 어른거렸다. 그들이 언제 다시 들이닥칠지 몰라 나는 서둘러 샤워를 하고 양복을 꺼내 입었다. 하지만 전과 달리 너무 마른 탓에 양복이 맞지 않았다. 너무 우스꽝스럽게 보여 기껏 차려입은 옷을 다시 벗어버렸다. 도리 없이 아내가 남기고 간 옷 중에서 검은 진 바지와 회색 폴로 셔츠를 찾아 입은 뒤 그 위에 검은 점퍼를 걸쳤다. 마지막으로 거울 앞에 서서 검은 모자를 눌러썼다. 그러고 나서 상상조차 할 수 없게 변해 버린 내 모습에 깜짝 놀라 한동안 벌어진 입을 다물지 못했다. 깡마른 체구에 검은 점퍼를 입고 검은 모자를 눌러쓴 나는 영락없이 소설가 이규였던 것이다.

나는 모자를 벗어버릴까 하다가 그대로 눌러쓰고 집을 나섰다. 예상대로 아파트 경비는 나를 알아보지 못했다. 뿐만 아니라 내가 구급차 앞을 걸어가고 있는 데도 간호사들 역시 나를 알아보지 못했다. 그들은 나에게 눈길조차 주지 않고 주차돼 있는 내 자동차와 저만치 걸어 들어오고 있는 양복 입은 사내만을 주시했다. 나는 그 사내 옆을 지나쳐 유유히 아파트 단지를 빠져나왔다. 완전히 새롭게 탄생한 기분이었다.

소설가 이규와 만나기로 한 카페 '화요일'에서도 나는 그런 기분을 만끽했다. 내가 카페 안으로 들어가자 나에게 미친 놈이라고 욕했던 바텐더가 아주 친절하게 인사를 했다. 나는 일부러 바 앞으로 다가가 그를 잠시 쳐다본 뒤, 홀을 한바퀴 돌아 지난번에 소설가 이규가 앉아 있었던 자리로 걸어갔다. 그리고 벽을 등지고 앉아 다시 바텐더를 쳐다보았다. 그래도 바텐더는 나에게 전혀 신경을 쓰지 않았다. 나는 바텐더가 나를 알아보지 못하는 것이 너무 신기하고 재미있었다. 리아논의 새를 보기 위해 지금 당장 병원으로 달려가 영안실을 휘젓고 다니거나 장인의 환자인 척 대기실에 앉아 있어도 모두들 감쪽같이 속아 넘어갈 거라는 생각을 하자 절로 웃음이 터져 나왔다.

소설가 이규가 나타난 건 약속 시간이 십 분쯤 지난 뒤였다. 카페 문을 열고 안으로 들어선 그는 지난번과 똑같이 검은 바지에 검은 점퍼를 입고 검은 모자를 쓰고 있었다. 나와 똑같은 차림새였다. 나는 그에게 신호를 보내기 위해 손을 올리려다 장난기가 발동해 그만두었다. 그는 가운데 통로를 빠르게 왔다 갔다 하면서 실내를 두리번거렸다. 그러다가 나에게 시선을 고정시키고 빤히 쳐다보았다. 나는 그의 관찰력에 감탄하며 그에게 빙그레 미소를 지어보였다. 하지만 황당하게도 그는 곧 나에게서 시선을 거두고 자신의 손목시계를 들여다보았다. 그리고 허둥지둥 카페를 나가버렸다. 나는 황망히 그를 뒤쫓아 카페를 뛰쳐나갈 수밖에 없었다.

짐작대로 그는 길을 건너기 위해 횡단보도 앞에 멈춰 서 있었다. 그의 곁으로 부랴부랴 달려간 나는 그의 어깨를 잡아채며 이규 씨! 하고 외쳤다. 그는 가쁜 숨을 몰아쉬고 있는 나를 날카로운 눈빛으로 노려보며 물었다. 누구신지요? 나는 재빨리 모자를 벗어들고 말했다. 모르겠어요? 접니다, 이규! 그제야 겨우 나를 알아본 그는 놀라움을 감추지 못하고 큰 소리로 외쳤다. 아니, 당신이 이규 씨라고요? 조금 전 카페에서 당신을 봤지만 이규 씨일 거라곤 상상도 못했습니다. 그저 나하고

저친구、누구와 지껄이는 거야?

너무 닮은 사람이 앉아 있어서 기분이 묘했을 뿐인데…… 그런데 대체 어떻게 된 일입니까? 그 순간, 나는 뭔가 이상하다는 생각이 들어 주변을 둘러보았다. 길을 오가는 사람들이 이상하게도 소설가 이규는 제쳐두고 나만 흘끔거리고 있었다. 차림새가 똑같을 뿐만 아니라 말을 하는 사람은 오히려 그인데 무슨 까닭인가.

길 건너편 언덕 위에 솟아 있는 병원을 턱으로 가리키며 나는 소설가 이규에게 물었다. 저 영안실에 리아논의 새가 나타날 거란 말이죠? 난 도무지 믿을 수가 없군요. 요 며칠 사이 유명한 사람이 죽었다는 소릴 듣지 못했는데…… 도대체 저곳에 누가 죽어 있기에 리아논의 새가 나타난다는 거죠? 그는 상당히 심각한 얼굴로 나를 쳐다보더니 되물었다. 당신은 리아논의 새가 무엇이라고 생각합니까? 나는 선뜻 대답을 하지 못했다. 그러자 그가 전화 통화를 할 때보다 더욱 단조로운 음성으로 다시 물었다. 인간의 진실한 가치를 찾아 헤매는 사람들이 미친놈 취급을 받는 세상에서 도대체 리아논의 새가 무슨 의미를 가지고 있을 거라고 생각하느냐고요. 머릿속에서는 온갖 낱말들이 뒤엉켜 들끓고 있었지만 그 순간에도 역시 나는 아무런 대답을 하지 못했다. 나의 대답을 기다리는 그를 우물쩍거리며 쳐다보기만 했을 뿐이었다. 그러자 그가 눈 한 번 깜박거리지 않고 몇 초간 나를 노려보았다. 그의 눈빛이 너무 강렬해 숨을 쉴 수 없을 지경이었다. 이윽고 짧고

분명한 어조로 그가 잘라 말했다.

"저곳에 리아논의 새가 죽어 있다네."

소설가 이규는 신호등이 녹색으로 바뀌고 나서야 내게서 시선을 거두었다. 그러고는 뒤도 돌아보지 않고 횡단보도를 건너기 시작했다. 나는 뭔가에 사로잡혀 있다 깨어난 것처럼 기분이 묘했지만 재빨리 모자를 눌러쓰고 그를 따라 달리기 시작했다. 그런데 이상한 일이었다. 그는 이미 길을 건너 저만치 달려가고 있는데 나는 아무리 달려도 횡단보도 한가운데 머물러 있었다. 그를 바라보며 달리고 또 달려도 도무지 횡단보도를 벗어날 수 없었다. 나는 무한대의 평면 계단처럼 끝없이 다가오는 도로의 백색 선에 심한 현기를 느끼며 그 자리에 우뚝 멈춰 섰다. 그리고 점점 멀어져가는 그를 향해 이봐요, 이규 씨, 제발! 하고 절규했다. 하지만 그는 무엇에 홀린 듯 정신없이 앞만 보고 달려갔다. 그러더니 어느 순간인가 그는 연기처럼 내 눈앞에서 사라져버리고 말았다. 하늘을 한 번 올려다보고 문득 우측으로 고개를 돌리는 순간, 고막을 찢는 듯한 금속성 소리와 검은 물체가 동시에 나를 덮쳤다. 언뜻, 내 몸에서 빠져나온 강렬한 빛줄기가 눈앞을 스쳐가는 것 같았다.

너는 병원 영안실에 누워 있다. 낮게 깔린 어둠의 위쪽으로 눈부신 빛이 펼쳐져 있다. 너의 육신은 심하게 부서져 있지만 표정은 지극히 평화롭고 안온해 보인다. 너를 사로잡고 있던 모든 고뇌와 불안과 절망이 비로소 스러진 때문이리라. 해 질 무렵의 세상, 오랫동안 죽음의 터전을 지키며 기다림을 키워 온 너의 주검 위로 소리 없이 빛이 내려앉는다. 너를 내려다보는 너. 빛이 주변으로 퍼져 나가는 동안, 너는 창을 넘어 밀려드는 세상의 소음을 듣는다. 영안실 계단을 오르내리는 사람들의 발소리, 응급 환자를 실어 나르는 구급차의 사이렌 소리, 노파의 등에 업힌 철없는 아이의 웃음소리, 휴대폰을 귀에 댄 젊은 여자의 흐느낌 소리……. 너를 내려다보는 너의 주변으로 서서히 빛이 몰려든다. 그 순간, 무엇으로도 표현할 수 없던 인간의 진실이 허공에 형상을 드러낸다. 그것은 눈부신 위족을 이용해 미세하게 움직이는 신비한 생명체처럼 너의 고뇌와 불안과 절망이 하나로 응집되어 살아 움직이기 시작한다. 분홍빛 기운에 휩싸인 투명한 젤리처럼, 아름답고 우아한 무정형의 생명체처럼, 이윽고 너는 빛의 중심이 되어 서서히 날아오른다. 멀리, 네가 찾아가야 할 인간들의 처소가 비로소 길을 만든다.

리아논의 새.

숫자 6을 보다

형사 Q의 인상은 한마디로 더러웠다. 그가 취조실로 들어선 순간, 나는 어느 갱스터 영화 속의 외국 배우와 흡사한 그의 모습에 기가 질렸다. 그 배우는 공중전화 부스 안에 숨어 있는 한 청년을 무자비하게 끌어내 권총으로 얼굴을 짓이겨 버리는 역할에 너무나 잘 어울리는 인물이었다. 보통 키의 다부진 체구, 짧은 곱슬머리, 번들거리는 눈빛, 주저앉은 콧대, 형사 Q의 모습에 나는 슬그머니 겁이 났다. 모든 것을 사실대로 이야기하는 것이 나을지도 모른다는 생각까지 들었다. 하지만 K의 이름을 더럽힐 수 없는 일, 나는 마음을 단단히 먹고 그의 질문에 대답을 하기 시작했다. 이름, 주민등록번호, 직업 등을 빠른 어조로 확인한 그는 갑자기 고개를 들어 삼

초가량 나를 뚫어지게 노려보았다. 그리고 기선을 제압하려는 듯 거친 반말 투로 입을 열었다.

"죽은 K 감독하곤 어떤 사이야?"

"……."

"K 감독이 게이라는 거 다 알고 있으니까 대가리 굴리지 말고 솔직히 불어."

"전 K 감독 영화의 음향효과를 맡고 있는 사람일 뿐입니다."

"이런 개새끼, 지금 나하고 장난하자는 거야? 죽고 싶어!"

"말씀이 너무 심하군요."

"그래? 딸딸이나 치구 노는 주제에 인격적인 대우를 해달라? 좋아, 다시 묻지. K 감독을 왜 죽이셨습니까?"

형사 Q의 말에 심한 모멸감을 느낀 나는 입을 꾹 다물어 버렸다. 그리고 그가 K를 죽였는지, 안 죽였는지에 대한 심문 과정을 거치지 않고 다짜고짜 욕을 해대며 왜 죽였냐고 다그치는 이유를 생각해 보았다. 교묘한 전술을 쓰고 있는 것이 틀림없었다.

"K 감독하고 한집에서 지낸 놈이 애인이 아니라고 우기면 말이 안 되는 거지. 그걸 누가 믿겠어. 다 알고 있으니까 좋게 말할 때 순순히 불어! 말해 봐, 왜 죽였어? 소문에 의하면 K 감독이 무척 다혈질이고 가학적인 성격의 소유자였다는데, 그가 괴롭혔나?"

나는 눈을 질끈 감고 형사 Q가 무슨 말을 하건 아무런 대꾸를 하지 않았다. 하지만 그의 질문에 침묵으로 일관하던 나는 어느 순간 눈을 뜨고 히죽히죽 웃음을 터뜨렸다. 그가 K 감독이나 너 같은 변태 놈들 때문에 세상이 말세야, 하고 중얼거렸기 때문이다. 말세라니, 요즘 같은 세상엔 형사 Q의 무지막지한 발언이야말로 오히려 세상을 말세로 몰아가는 범죄 행위가 아닌가, 하는 생각이 들었던 것이다. 실제로 영국의 '비버리지'는 인간을 위협하는 사회악 일순위로 인간의 무지를 외치지 않았는가.

내가 K를 처음 만난 건 재작년 여름이었다. 그날은 아침부터 무더웠다. 나는 에어컨도 없는 좁은 숙소 겸 작업실에서 셔츠를 벗고 일을 하고 있었다. 바퀴벌레 몸통에 클립을 부착하는 일이었다. 원래 그런 일은 내 영역이 아니었지만 별다른 수입이 없던 나는 영화판의 온갖 잡스러운 일까지 해야만 끼니를 때울 수 있는 처지였다. 나는 우선 바퀴벌레를 잠들도록 해야 했다. 그래서 바퀴벌레가 들어 있는 비닐봉지 안에 이산화탄소를 주입한 뒤 꼼짝 않고 그것을 들여다보고 있었다.

그때, 뉴욕 양키스 모자를 눌러쓴 남자가 노크도 없이 문을 열고 작업실 안으로 들어왔다. 검은 피부, 거친 턱수염, 신경질적으로 휘어진 콧대, 나는 단박에 그가 K 감독임을 알 수 있었다. 반사적으로 자리에서 일어났다. 무작정 고개를 숙여 꾸벅 인사를 건넸다. 내 머릿속에는 한 가지 생각뿐이었다.

K 감독이 나를 찾아왔다는 자체만으로 이제 고생 끝이라는. 하지만 나는 한순간 벗어놓은 티셔츠를 집어 들었다. 그가 게이라는 소문을 떠올리며 재빨리 티셔츠를 입었다. 그의 눈길이 벗은 내 상반신을 훑고 있다는 느낌 때문이었다.

—자네가 R 감독이 만든 영화의 음향효과를 맡았던 L 군인가?

—네, 감독님.

나는 K 감독의 물음에 군기 잡힌 이등병처럼 대답했다. 그러자 그가 빙그레 웃으며 턱으로 바퀴벌레가 들어 있는 비닐봉지를 가리키곤 타이밍을 놓쳤군, 하고 중얼거렸다. 바퀴벌레가 어느새 잠들었다가 다시 깨어나 움직이고 있었다. 나는 그와 마주 보고 웃으며 오, 이런 실수를! 할 수 없지요, 하고 약간 코믹하게 말하며 어깨를 한번 들썩여 보였다. 그런 나의 모습을 보고 그가 허물없는 웃음을 터뜨렸다. 순식간에 그와의 거리가 반으로 줄어든 느낌이었다.

하지만 K 감독은 나를 찾아온 용건을 쉽사리 꺼내놓지 않았다. 원래 배우였던 사람이 어떤 계기로 이런 궂은일을 하게 됐는지, 먹고살 만큼의 수입은 되는지, 다시 배우가 되고 싶은 생각은 없는지, 등등의 잡다한 질문을 한동안 늘어놓은 다음에야 슬그머니 공포 영화의 괴성을 최고로 만들어 낼 수 있겠느냐고 물었다. 나는 그가 상처받은 한 인간의 영혼을 다룬 이야기를 영화로 준비하고 있다는 사실을 알고 있던 터라 한껏 욕심을 내어 얼마든지 자신 있노라고 대답했다. 그러자 그는 자신의 전화번호를 알려주었다. 끝내 함께 일을 해보자는 제의는 하지 않고 자신의 오피스텔로 한번 찾아오라는 말만 남기고 돌아가 버렸다.

두어 번의 전화 통화 뒤 내가 K 감독을 찾아간 날은 그가 나를 찾아왔던 날보다 훨씬 무더웠다. 땀이 끝없이 흘러내렸다. 돈을 빌려서라도 작업실에 중고 에어컨을 들여놔야겠다는 생각이 절로 들었다. 버스에서 내린 나는 한참을 걸어간 다음에야 입구에 말을 탄 여인상 돌 조각품이 놓여 있는 건물 안으로 들어섰다. 시원했다. 반질반질 빛나는 차가운 대리석 위를 걷는 기분이 최고였다. 엘리베이터를 타기까지 나는 신발과 양말을 벗어던지고 차가운 바닥을 맨발로 걷고 싶은 충동을 억눌러야만 했다. 드디어 606호, 나는 K 감독의 방문 앞에 서서 심호흡을 했다. 그와 손을 잡고 일을 하게 된다면 이런 멋진 오피스텔을 얻는 것도 시간문제일 거라는 생각을 하며 한구석에 자리 잡고 있는 꺼림칙한 마음을 달랬다.

K는 바다빛 실내 가운을 걸치고 있었다. 그는 나에게 샤워 중이었노라고 말했다. 그래도 나는 그가 이상했다. 왜 하필이면 이 시간에 샤워를 한단 말인가? 이게 무슨 수작인가? 하는 생각이 들었다. 하지만 나는 애써 내가 지나치게 민감한 건지도 모른다는 생각을 하며 그의 오피스텔 안으로 들어갔다. 어찌되었건 그에게 잘 보여 일을 따내야만 했다. 나는 가능한

K감독
606호

한 빨리 이야기를 끝내고 돌아갔으면 좋겠다는 심정으로 그가 손짓하는 소파에 앉았다. 그때, 그가 내 마음을 읽기라도 한 듯 내가 원하는 대답을 들려주었다. 나의 작업실로 찾아왔을 때와는 전혀 다른 모습이었다. 그는 '피레네의 성' 이라는 영화 대본을 건네주며 시원스럽게 말했다.

—이번 영화의 음향 효과를 자네가 맡아주었으면 하는데, 자네 생각은 어떤가?

—감독님, 정말 고맙습니다. 최선을 다하겠습니다.

나는 자리에서 벌떡 일어나 몇 번이고 거듭 K에게 고개를 꾸벅였다. 그러자 그가 환하게 웃으며 말했다.

—자, 이제 그만 하고 자리에 앉게나. 내가 영화인의 한 사람으로서 자네에게 고맙다는 말을 해야 할 일이지. 사실, R 감독이 만든 지난번 영화가 성공한 것도 내가 보기엔 자네 덕이 컸어. 특히 도입 부분의 영혼을 울리는 듯한 괴성이 훌륭했지. 그런데 그런 요기 어린 소리는 대체 어떻게 만들어 낸 건가?

—별거 아닙니다. 아시면 실망하실 거예요.

—내가 듣기론 고양이 식기 통에다 대고 자네가 직접 소리를 지른 것을 몇 차례 더빙했다고 하던데, 그게 사실인가?

—처음엔 푸들 짖는 소리를 한 옥타브 내려서 더빙했는데 영 아니더라고요. 조금 더 소름 끼치는 느낌이 필요했지요. 그래서 결국 제가 악을 좀 써봤는데, 사실 저도 그 소리를 만

들어내고 무척 행복했습니다. 아무도 알아주진 않았지만. 그런데 '피레네의 성' 이라면 마그리트 그림의 제목 아닌가요?

—맞아. 바위 위에 성이 있고, 그 성이 하늘에 떠 있는 쉬르리얼리즘의 그림. 대본을 보면 알겠지만 이번 영화가 바로 그 그림처럼 초현실적인 내용이거든. 비합리적인 환각을 객관적인 사실로 드러내야 하는 아주 힘든 작업이 될 거야.

K는 마그리트뿐만 아니라 피카소, 샤갈, 후안 미로 등 여러 화가들의 그림에 담겨 있는 초현실적인 요소들을 들먹이며 즐거워했다. 나 역시 평소 그런 쪽에 관심이 많았던 탓에 그와 그런 이야기를 나누는 것이 무척 즐거웠다. 그는 내 어깨를 두드리며 말했다. 쉬르를 논할 상대를 만나기가 쉬운 일이 아닌데 말이야, 기분이 좋군.

나는 점점 K가 괜찮은 사람이라는 생각을 하기 시작했다. 또한 영화판에 나돌고 있는, 그의 인간성 운운하는 소문들도 사실이 아니라는 생각이 들기 시작했다. 설사 사실이라고 해도 믿어지지 않았다. 다혈질이라느니 잔인할 정도로 가학적이라느니 하는 말들은 그의 천재성을 시기하는 한심한 인간들이 만들어낸 이야기일 뿐이라고 여겨졌다. 뿐만 아니라 그가 게이라는 사실조차 조금도 부담스럽게 느껴지지 않았다. 내가 만약 여자라면 이런 사람을 사랑했을 거라는 생각까지 하게 되었다. 아니, 그의 오피스텔을 나오는 순간 나는 잠시 얼굴을 붉혔다. 그를 향해 생각지도 못한 감정이 느껴져 어리둥절했던 것이다.

형사 Q는 침묵으로 일관하던 내가 느닷없이 히죽거리자 내심 당황하는 기색을 보였다. 나는 일부러 더욱 시니컬한 미소를 지은 채 그의 반응을 기다렸다. 그러자 그가 책상을 내리치며 버럭 고함을 쳤다.

"사람을 죽여 놓고 웃어? 이 새끼 이거 또라이 아냐!"

"게이들에게 집단 폭행이라도 당한 적이 있습니까? 왜 그렇게 적대감을 갖고 있죠? 만약에 당신 아들이 게이라도 저를 이렇게 대하겠습니까?"

"이 변태 자식, 어디다 대고 함부로 입을 놀려! 너 한번 죽어볼래?"

"당신은 심문을 하는 게 아니라 고문을……."

내 말이 끝나기도 전에 형사 Q가 자리에서 벌떡 일어나 주먹으로 나의 턱을 후려쳤다. 뺨 안쪽에서 흘러나오는 미지근한 핏물을 혀로 핥으며 나는 다시금 미소를 지었다. 그리고 낮고 단호한 말투로 빠르게 중얼거렸다.

"K 감독이 저를 괴롭혔냐고요? 천만의 말씀입니다. 그런 일은 결코 없었습니다. 저는 K 감독을 누구보다도 소중하게 생각하고 존경하는 사람입니다. 그런 제가 그를 죽이다니요. 분명히 말하건대 저는 그를 죽이지 않았습니다. 그는 자살을 한 겁니다."

"자살? 야, 이 새끼야, 네가 죽였다는 증거가 이렇게 확실한데 자살이야! 시끄러워. 잔말 말고 자백해! 왜 죽였어?”

형사 Q는 주사기가 든 비닐봉지를 집어 마구 흔들며 또다시 왜 죽였냐고 나를 다그쳤다. 나는 주사기를 미리 치워버리지 않은 것을 후회하며 간신히 대꾸했다.

“제가 죽이지 않았습니다.”

“그럼 누가 죽였다는 거야? 원한 관계에 의한 살인 사건인가?”

“그런 뜻이 아니라…… 타살을 당한 게 아니고 자살한 거라고요! 스스로 목숨을 끊었다고요! 저는 K 감독에 대해 모든 것을 알고 있는 사람입니다. 그래서 하는 말인데, 제발 믿어주십시오. K 감독은 누군가에게 원한을 살 만큼 나쁜 사람이 아닙니다. 그가 두려워했던 것은 자기 자신이었지, 결코 타인이 아니었으니까요.

“자기 자신이 두려워 스스로 목숨을 끊었다? 그러면, 도대체 무엇이 두려웠지? 게이라는 사실이 알려져서? 아니면 에이즈라도 걸렸나?”

“K 감독은 요즘 들어 죽고 싶다는 말을 자주 했습니다.”

“그래서 자살이다? 너, 지껄이는 꼴새를 보니 K 감독의 애인인 게 분명한데…… 어휴 씨발! 이런 변태 새끼들은 세상에서 싹 쓸어버려야 하는 건데…… 이 씹새 너, K 감독의 애인인 거 맞지? K 감독이 게이라는 것도 사실이지?”

“마음대로 생각하십시오.”

나는 버럭 소리를 질렀다. 설령 그의 죽음이 자살이건 타살이건 그것이 게이라는 사실과 무슨 상관이 있겠느냐 싶었다. 만약 K에 대해 잘 알고 있는 사람이라면 그런 턱없는 추측은 있을 수 없는 일이었다. K가 죽음을 택할 수밖에 없었던 이유를 정확히 알고 있는 나로서는 형사 Q의 질문이 너무나 답답하고 어처구니없었던 것이다.

내가 K에게서 죽음의 그림자를 느끼기 시작한 것은 지난봄부터였다. 그와 연인이 되어 함께 산 지 두 달쯤 뒤였고, 영화 촬영을 끝낸 지는 보름가량 뒤였다. 나는 며칠째 동료들과 함께 작업실에서 밤샘을 하며 막바지 더빙 작업을 하고 있었다. 새벽녘, 일을 끝낸 우리는 너무나 지쳐 집으로 돌아갈 엄두를 내지 못했다. 모두들 술 한잔 마시고 작업실에서 잠을 자야겠다고 했다. 하지만 나는 그들의 손을 뿌리치고 작업실을 나섰다. 모처럼 K 곁에 누워 편안한 잠을 자고 싶었다. 또한 사흘 동안 한 번도 작업실에 나타나지 않은 K가 궁금해 견딜 수 없었다.

K는 거실 소파에 앉아 홀로 술을 마시고 있었다. 이미 어느 정도 취한 상태였다. 나는 조심스럽게 다가가 그의 곁에 앉았다. 그의 어깨에 팔을 두르고 내가 온 것을 알렸다. 그제야 그가 고개를 들어 잠시 나를 보더니 빙긋 웃었다. 나는 그를 비스듬히 안고 가벼운 입맞춤을 한 뒤 무슨 일이 있었느냐고 물었다. 하지만 그는 연신 고개를 저을 뿐 아무런 대답을

하지 않았다. 나는 얼굴을 일그러뜨리고 있는 그를 한동안 묵묵히 지켜보았다. 문득 그의 모습이 처음 만났을 때와 무척 달라졌다는 느낌이 스쳤다. 뚜렷한 이유도 없이 연민이 일어 명치끝이 쑤셨다.

그러던 어느 순간, 무엇에 놀란 듯 K가 고개를 번쩍 들어 허공을 무섭게 노려보았다. 느닷없는 그의 행동에 등골이 오싹해진 나는 K! K! 하고 거듭해서 큰 소리로 그를 불러댔다. 하지만 그는 내 목소리를 의식하지 못했다. 뭔가에 홀린 듯 허공에서 시선을 떼지 못한 채 오직 가쁜 숨만 몰아쉬었다. 나는 있는 힘껏 그를 끌어안고 왜 그러냐고 외치며 그와 그의 시선이 박혀 있는 허공을 번갈아 쳐다보았다. 그러자 그가 몸을 부들부들 떨며 내가 알아들을 수 없는 말을 반복해서 울부짖었다. 샤아메이티 브에타자아콰타아암, 샤아메이티 브에타자아콰타아암……. 그의 입에서 터져 나온 말은 히브리어 같기도 했고 방언 같기도 했다. 하지만 나는 그 소리가 그의 영혼이 흘리는 눈물 같아 차마 가만히 듣고 있을 수 없었다. 자리에서 일어나 그의 뺨을 힘껏 내리쳤다. 그러자 그가 진저리를 치곤 잠에서 깨어난 사람처럼 멍하니 나를 바라보았다. 나는 놀란 가슴을 억누르며 그에게 물었다.

—대체 무슨 일인가요?

—이제 그만 떠나야겠어.

—떠나다뇨?

—이렇게 시달리다가 죽느니 차라리 스스로 목숨을 끊어 버리겠다고!

—무엇에 시달리고 있는 데요?

—내 영혼에 악마가 살고 있어.

—뭐라고요?

—자꾸만 내 영혼이 몸에서 빠져나가 나쁜 짓을 하고 돌아다녀.

K와 나의 대화는 스무고개를 하는 것 같았다. 나는 그의 입에서 반복적으로 이해할 수 없는 말이 튀어나오자 더 이상 아무것도 묻지 않았다. 그가 영화 개봉을 앞두고 중압감에 시달리고 있다는 생각이 들었다. 하지만 나는 잠시 말없이 앉아 K의 고통을 헤아려보았다. 그러자 그를 이해할 수도 있을 것 같았다. K가 자신의 부정적인 측면을 스스로 견디지 못하고 자신의 환영을 보는 현상인 '자기상(自已像) 환시'를 일으키고 있는 건지도 모른다는 생각이 들었던 것이다. 또 하나의 자신을 만나는 일종의 심령 현상 말이다. 거짓이 진리가 되고 진실이 무참하게 난자당하는 이 시대, 누가 온전한 영혼을 갖고 살아갈 수 있단 말인가. 그 누가 K의 고통을 남의 일이라고 자신 있게 말할 수 있단 말인가.

잠시 뒤, 나는 머리를 테이블에 박고 있는 K를 일으켜 세워 침대로 데리고 갔다. 그리고 무엇 때문인지 자신의 서류 가방을 달라며 부득부득 머리를 쳐들고 일어나는 그와 실랑이를 했다. 그는 기어코 방 한구석에 놓여 있던 서류 가방을 가슴에 끌어안고 나서야 얌전하게 침대에 누워 있었다. 나는 기가 막혔지만 그가 가방을 껴안고 자는 것을 내버려두었다.

나는 그가 잠든 뒤 가방을 열었다. 시나리오 뭉치와 몇 권의 노트, 각성제 약병과 검은 마커 펜 등등 가방 안의 물건들을 전부 방바닥에 꺼내놓았다. 별다른 것이 보이지 않았다. 어이없는 웃음이 나왔다. 하지만 나는 물건들을 하나하나 자세히 살피며 다시 가방에 넣기 시작했다. 그리고 조금 낡은 노트를 집어든 순간, 바로 이거야 하고 중얼거렸다. 노트 겉장에 검은색으로 숫자 '6'이 적혀 있었다.

언젠가 K는 나에게 어떤 숫자를 좋아하느냐고 물은 적이 있었다. 나는 한 번도 그런 생각을 해본 적이 없었기 때문에 선뜻 대답하지 못했다. 그러자 그가 사뭇 진지한 표정으로 자신은 6이라는 숫자와 운명적으로 연결되어 있는 것 같다는 말을 했다. 생년월일, 자동차 번호, 감독상을 받은 연도, 심지어 오피스텔 주소까지. 정말 따지고 보니 그에겐 숫자 6이 거짓말처럼 많이 따라붙어 있었다. 그는 제비뽑기 같은 것을 할 때도 6 이외의 다른 숫자를 뽑아본 적이 없다고 하였다. 또한 자신의 어머니 기일(忌日)이 공교롭게도 자신의 생일과 똑같은 6월 6일이라는 사실이 흥미롭지 않느냐고 물었다. 자신도 아마 6월 6일에 죽게 될 거라는 농담까지 했다. 그리고 평생 단 한 번도 언급한 적이 없는 자신의 과거 이야기를 들려주었다.

—시골 마을에 한 처녀가 있었어. 그녀는 가난 때문에 자손이 없는 부잣집의 재취 자리로 들어갔어. 다행히 사내아이를 낳게 되었지. 그런데 문제가 생겼어. 6월에 아기를 낳았는데 그해가 다 가도록 신열이 오르고 하혈이 멈추지 않는 거야. 그녀는 좋다는 곳은 모두 찾아다니면서 치료를 받았지. 하지만 몸은 점점 쇠약해져 갔고 아무런 소용이 없었어. 결국 마지막 방법으로 굿을 하게 되었는데, 그제야 몸에서 열이 내리고 감쪽같이 하혈이 멈췄다는 거야. 다시 살아나게 된 그녀는 아들을 키우며 그래도 한동안 행복하게 살았지. 그런데 어느 날부터인가 그녀에게 이상한 증세가 나타났어. 자네, 간질병이라는 거 알아? 사지를 뒤틀면서 손을 허우적거리고 눈을 까뒤집으며 입으로 게거품을 뿜어대는 병 말이야. 그녀의 부자 남편은 그것이 창피하고 부끄러웠지. 그래서 그녀를 방에다 가두고 자물쇠를 채웠지. 그러다가 결국 비정하게 그녀와 자식을 내쫓아 버렸지. 기가 막히게 그 자식에게서도 아주 미미하지만 발작 증세가 발견되었던 거야. 잠시 몸을 부르르 떨거나, 허공을 보며 눈을 깜박거리는 식으로 말이야. 그때 그 자식의 나이가 여덟 살이었어. 정말이지 옛날 영화에서나 나올 법한 얘기지? 그리고 그 자식이 그녀를 떠난 것은 열두 살 때였지. 자식은 어렸지만 사람들에게 손가락질만 받지 않는다면 어떻게 살아도 좋다는 생각을 했어. 그래서 무작정 도망

을 쳤지. 불쌍한 어머니를 철저하게 버렸어. 하지만 그녀는 자식이 돌아오기만을 빌며 살다가 비참하게 세상을 떠났어. 발작이 일어나 저수지에 빠진 거야. 그런데 참 묘한 일이지, 그녀가 죽은 날짜가 자식이 태어난 날짜와 같은 6월 6일이라는 거야.

내가 죽을 때가 됐나? 안 하던 짓을 하네, 하고 말하며 자신의 이야기를 마치 남의 이야기인 양 들려주던 K의 담담한 표정을 나는 잊을 수 없었다. 때문에 낡은 노트 겉장에 적혀 있는 검은 숫자 6이 예사롭게 보이지 않았다. 왠지 불길한 예감에 사로잡혔다. 그래서 지체 없이 노트를 펼쳐 들고 그곳에 적혀 있는 글을 닥치는 대로 읽어보았다.

K가 영화를 만들면서 정신이 이상해진 걸까?

하지만 나는 노트를 덮는 순간, 확실히는 모르겠지만 내가 우려했던 현상이 K에게 일어나고 있다는 생각을 하게 되었다. K는 2년 전부터 자신이 겪은 일을 낱낱이 적어놓았던 것이다. 노트에는 날짜와 시간, 장소, 일어난 현상 등이 빠짐없이 적혀 있었다. 특히 지난겨울 12월 26일의 기록을 읽어본 나는 영혼을 들먹이던 그의 말이 전혀 터무니없는 이야기가 아님을 알 수 있었다.

폭설로 인해 촬영을 못했다. 모처럼 L과 함께 하루를 보냈다.

밤 11시 20분경 L에게 타이레놀을 가져다주려고 욕실로 들어가는 순간,

또다시 내 몸에서 영혼이 빠져나가기 시작하는 것을 느꼈다.

어김없이 체온이 싸늘하게 식었고 현기증이 일었다.

급히 욕실로 들어가 거울 앞에 섰지만 거울엔 내 모습이 비치지 않았다.

잠시 뒤에 K, 당신 몸이 왜 이렇게 차갑죠? 하는 L의 말소리가

들려와 문틈으로 방 안을 들여다보았다.

짐작대로 또 다른 나와 L이 벌거벗은 채 침대 위에서 서로를 끌어안고 있었다.

나는 욕실에서 숨을 죽이고 L이 무사하기만을 간절히 빌었다.

지난 12월 26일 밤을 기억에서 떠올린 나는 기절할 것만 같았다. 정말로 나는 그날 밤 머리가 아팠고, 약을 가지러 간 K가 빈손으로 욕실에서 나오며 약이 다 떨어진 모양이야, 하고 말하는 것을 그대로 믿었던 것이다. 뿐만 아니라 그의 몸이 너무나 섬뜩하게 차서 왜 그러냐고 물었던 것이다. 그날 밤 나와 함께 사랑을 나눴던 상대가 내가 알고 있는 K가 아닌 또 다른 K였다니!

하지만 나는 다음 날 아침 양치질을 하다가 벽장 속에 있는

타이레놀 병을 흔들어보곤 약이 남아 있네? 하고 K에게 물었다. 그러자 그가 우물우물 대답을 피했다. 나는 그때 뭔가 조금 이상하다는 생각은 했지만 별 신경을 쓰지 않았다. K는 원래 그런 사람이려니 했다. 오히려 정말 못 말리는 사람이라는 생각을 하며 웃음을 터뜨렸다. 그랬는데, K를 놓고 원래 그런 사람이려니 믿었던 부분들이 전부 이유가 있었단 말인가. 나는 방바닥에 있던 물건들을 모두 가방 속에 집어넣곤 생각에 잠겼다. 술에 취한 K가 두서없이 내뱉은 말이 자꾸만 생생하게 되살아나 마음을 어지럽혔다.

—이렇게 시달리다가 죽느니 차라리 스스로 목숨을 끊어버리겠다고!

형사 Q가 책상 위의 서류를 뒤적이며 뭔가를 읽고 있을 때 나는 다시 입을 열었다. 비닐봉지에 증거물로 들어 있는 주사기가 마음에 걸렸던 것이다. 충분히 K를 죽인 살인범으로 몰릴 수도 있을 터였다.

"K 감독에게 모르핀을 주사한 건 사실이지만 아주 소량이었습니다. 그가 잠을 못 자고 헛소리를 하며 고통스러워했거든요."

"이거 왜 이래? 너희들 약 맞아가면서 재미 보는 거 다 알고 있는데. 나 지금 피곤하니까 지랄 엿 같은 소리 하지 말고 묻는 말에나 대답해. 알겠어? 내가 보기엔, 네가 변심을 하니까 성질 더러운 K 감독이 폭행을 일삼았고, 그걸 견디지 못한

네가 치사량의 모르핀으로 그를 죽인 거 같은데, 아니야? 그럼, K 감독이 다른 놈하고 눈이 맞으니까 죽여버린 건가?"

"몇 번씩 말해야 합니까? 제가 죽인 게 아니라 자살한 거라고요!"

또다시 그런 식의 질문. 형사 Q의 말이 지겨워진 나는 고개를 내두르며 강력히 대꾸했다. 하지만 그는 여전히 나의 말을 믿지 않는다는 표정을 지었다. 훑어보던 서류를 덮은 뒤 뜻밖의 기습적인 질문을 던졌다.

"K 감독의 작품이 어제 개봉되었지?"

"네."

"야, 이 새대가리야! 감독이 영화를 만들어 놓고 상영되기 하루 전에 자살을 한다는 게 말이 되는 소리야? 너 소설 쓰냐?"

"……."

"어떤 영화야?"

"여름 시장을 겨냥해서 만든 호러물입니다."

나는 일부러 영화가 별것 아니라는 식으로 말했다. 만약 형사 Q가 영화와 K의 죽음을 연관시켜 어떤 실마리를 찾아낸다면 골치 아픈 문제가 발생할 것이 뻔했다. K는 자신의 이야기를 직접 시나리오로 써서 영화를 만든 것이었다.

영화는 한 남자가 포장마차에서 술을 마시고 있는 장면에서 시작된다. 남자의 이름은 무(無). 소주 두 병을 단숨에 비운 무는 바바리코트 주머니에 구겨진 지폐 한 장을 꺼내 탁자 위에 놓은 뒤 자리에서 일어난다. 비틀거리며 어둠이 깔린 밤거리로 나선다. 그때 포장마차 주변에서 서성거리고 있던 한 무리의 청년 중 한 명이 다른 한 명과 서로 눈길을 주고받은 뒤 무를 뒤따른다. 인적이 끊긴 거리에 이르자 청년이 주머니에서 반짝 빛나는 뭔가를 꺼내 든다. 점점 빠른 속도로 무에게 다가간다. 하지만 거의 눈을 감다시피 하고 발걸음을 옮기던 무는 훅 하고 등을 스치는 섬뜩한 기운과 함께 위험해! 무! 무! 하고 외치는 어느 여인의 다급한 목소리를 듣고 우뚝 걸음을 멈춘다. 머리를 서너 번 흔들어 애써 정신을 가다듬고 뒤돌아본다. 한순간, 반사적으로 위험한 상황을 파악한 무는 청년을 무섭게 노려본다. 그러자 청년이 주춤주춤 뒷걸음질 치기 시작한다. 무는 멀리 달아나는 청년의 뒷모습을 바라보며 자신을 구해 준 목소리의 주인이 자신의 어머니임이 틀림없다는 생각에 빠져든다. 그럴 리가 없다고 여기면서도 행여나 하는 마음으로 주위를 구석구석 살펴본다. 그러나 텅 빈 거리 그 어느 곳에도 어머니의 모습은 보이지 않는다.

다음 장면에서 무는 옷도 벗지 않은 채 침대에 누워 천장을 응시하고 있다. 어머니의 음성이 자신을 위험에서 구해 주었다는 거짓말 같은 사실에 마음이 심란해 꼬박 밤을 지새운다. 어떻게 이런 일이 일어날 수 있단 말인가. 하지만 어머니가 살아 있는 곳으론 고개도 돌리지 않겠다던 그의 마음은 무너져 내린다. 다음 날 오후, 근 이십여 년 만에 처음으로 자신의 어머니가 살고 있는 곳을 찾아 나선다. 그리고 그 일 년 전 바로 자신의 생일이었던 6월 6일에 어머니가 세상을 떠났다는 사실을 알게 된다. 뿐만 아니라 마을 어귀의 구멍가게에서 한 노인으로부터 어머니와 자신을 버린 아버지가 아직도 근처에서 새로운 가정을 이루어 잘 살고 있다는 이야기와, 마을을 떠나지 않는다는 이유로 아버지가 어머니를 평생 괴롭혔다는 이야기를 듣곤 몸서리를 친다. 무는 폐허가 된 어릴 적 살던 집 앞에 서서 마침내 오열을 터뜨린다.

아! 어머니!

세 번째 장면은 어머니를 부르는 무의 얼굴이 줌으로 당겨져 화면 가득 퍼지면서 시작된다. 환상으로 처리되어 이야기가 전개된다. 눈물이 얼룩진 얼굴로 어린 시절 어머니와 함께 지내던 방 앞에 서 있는 무. 그는 아래쪽 경첩이 떨어져나가 겨우 매달려 있는 방문을 조심스레 열고 방 안으로 들어간다. 쪼그리고 앉아 방바닥에 여기저기 나뒹굴고 있는 가재도구들을 살피다가 문득 고개를 들어 한쪽 벽을 올려다본다. 숨을 헉 내쉬며 자리에서 일어나 그곳으로 다가간다. 손으로 벽면을 더듬다가 느닷없이 벽지를 뜯어내기 시작한다. 잠시 뒤 벽지를 뜯어낸 자리에 작은 골방 문이 드러나자 한 걸음 뒤로 물러나 심호흡을 한다. 왜 어머니가 벽지로 골방 문을 감춰버린 걸까, 무는 선뜻 문을 열지 못하고 생각에 잠긴다. 하지만

골방 안에서 거품을 물고 버르적거리던 어머니의 모습을 떠올린 무는 세차게 고개를 내두른다. 그러고 나서, 발작이 일어날 낌새를 느끼면 골방 안으로 들어가며 숟가락을 문고리에 끼우라던 어머니의 심정을 새삼 헤아리며 왈칵 눈물을 쏟는다. 드디어 무는 작은 골방 문을 조심스럽게 잡아당겨 열고 허리를 굽혀 안으로 들어간다. 어릴 적 자신이 쓰던 물건들이 하나도 버려지지 않고 문갑 위에 차곡차곡 정리되어 있는 것을 발견한다. 무릎을 덧댄 바지, 작은 양말, 나뭇가지로 만든 새총, 양철 필통 등등. 무는 그것들을 손으로 움켜쥐고 다시 한 번 걷잡을 수 없는 오열을 터뜨린다.

2년 전, 6월 6일.

그렇게 영화에서처럼 어머니의 골방에서 자신의 물건들을 발견하는 순간, K는 심한 죄책감에 휩싸였다. 어머니를 버린 자신이 원망스러웠고, 어머니와 자신을 버린 아버지가 원망스러웠다. 또한 그 전날 밤 자신을 위험에서 구해 준 음성이, 육신은 사라졌지만 세상을 떠돌고 있는 한 많은 어머니의 영혼에서 울려나온 소리라는 생각이 들자 미칠 것만 같았다. 그래서 K는 어머니가 발작을 일으키며 한없이 고통스러워했던 골방에 누워 오로지 어머니의 영혼을 달래줘야 한다는 한 가지 생각에 사로잡혔다. 그리고 자신도 모르게 잠이 들었다.

K는 기괴한 꿈을 꾸었다. 꿈속에서도 K는 어머니의 골방에서 잠이 들어 있었다. 그런데 문밖 어디선가 K! K! 하고 연

해 들려오는 어머니의 목소리에 선잠을 깨고 자리에서 일어났다. K는 오로지 어머니를 만나야겠다는 생각에 밖으로 뛰어나가 목소리가 들려오는 저수지 쪽으로 달려갔다. 하지만 그곳엔 아무도 없었다. 도대체 어머니는 어디에 있는가. K는 길 잃은 사람처럼 어둠 속에 망연히 서 있었다. 그러자 두런두런 사람들의 말소리가 들려오며 대여섯 명의 남자들이 저수지 둑을 따라 걸어 올라오고 있는 것이 보였다. 술에 취한 모습들이었다. K는 그들이 자신을 스쳐 지나가는 것을 우두커니 서서 지켜보았다. 그때였다. 낯익은 노인 하나가 K를 보며 어느 집 자식인데 밤늦게 돌아다니느냐고 호통을 쳤다. 그 순간 K는 그가 올려다보이는 것이 이상했다. 그래서 재빨리 자신의 몸을 내려다보았다. K는 자신이 어린 시절의 모습으로 변해 있는 사실을 깨닫고 당황했다. 하지만 다음 순간 K는 눈앞의 노인을 힘껏 저수지로 밀어 넣었다.

그날 정오경 서둘러 오피스텔로 돌아온 K는 혼란스러웠다. 자신이 끔찍스러운 일을 저지른 건지도 모른다는 생각에 안절부절못했다. 그렇지 않고서야 그런 괴상한 일이 일어날 수는 없는 일이었다. 이른 아침, K는 간밤의 꿈을 머릿속에서 떨쳐버리지 못하고 찜찜한 기분으로 어머니의 골방에서 나왔다. 그런데 그 순간 자신이 마을 한가운데 있는 나무에 등을 기대고 앉아 있는 거였다. 그는 자신이 왜 그곳에 있는지 궁금했지만 빵 조각으로나마 허기진 배를 채우려고 마을 어귀의 구멍가게로 들어갔다. 그리고 그곳에서 마을의 노인 한 명이 간밤에 죽었다는 이야기를 듣게 되었다. K는 죽은 노인이 자신의 아버지라는 사실에 소스라치게 놀랐다. 더욱이 노인이 귀신에 홀린 듯 허공에다 대고 어느 집 자식인데 밤늦게 돌아다니느냐고 호통을 친 뒤 느닷없이 저수지 속으로 빠져버렸다는 이야기를 듣곤 기가 막혀 말이 나오지 않았던 것이다.

형사 Q가 더 이상 영화 이야기를 들먹이지 않기를 바라며 나는 가능한 태연한 표정을 지었다. 하지만 그는 여전히 예리한 눈초리로 꼬치꼬치 캐물었다.

"여름 시장을 겨냥한 영화라고? 야, 이 새대가리야, 죽고 싶은 놈이 그렇게 흥행까지 신경을 쓰면서 영화를 만들었다는 게 말이 되는 소리야?"

"그거야 제작자가 중요하게 생각하는 부분이니까요. 감독이야……."

"아무튼, K 감독을 마지막으로 본 게 언제야?"

"지난주 수요일 아침입니다."

"그래? 일주일도 넘었군. 그런데 어째서 실종 신고를 하지 않았어?"

"그는 원래 그렇게 바람 같은 사람입니다. 가끔씩 훌쩍 사라졌다 나타나곤 했습니다. 그럴 때마다 실종 신고를 할 수는 없는 노릇이죠."

바람 같은 사람이라, 내가 생각해도 그럴싸한 말이었다. 나는 각본대로 대답하길 잘했다는 생각을 하며 형사 Q의 눈치를 살폈다. 만약 사실대로 솔직히 말한다면 영화의 내용과 똑같은 상황, 그가 영화를 본다면 모든 사실이 너무나 확연하게 드러날 터였다. 사실 내가 K를 마지막으로 본 것도 영화에서 무의 애인이 말한 것처럼 사흘 전이었다. 영화에서는 무의 애인이 여자였지만 말이다. 그러니까 K의 서른아홉 번째 생일인 6월 6일 저녁, 그가 세상을 떠나기 불과 두어 시간 전까지 나는 그와 함께 있었던 것이다.

사흘 전 이른 새벽, K는 비에 흠뻑 젖어 창백한 얼굴로 집에 들어왔다. 밤새 그를 기다리며 가슴을 졸이던 나는 약간 기분이 상해 있었다. 하지만 그의 얼굴을 보는 순간 나는 투정을 부릴 때가 아님을 재빨리 파악했다. 애써 아무렇지도 않은 얼굴로 그를 맞았다. 왜 핸드폰을 꺼놓았느냐, 어디를 다녀오는 거냐, 따위의 질문은 하지 않았다. 더욱이 그의 생일을 상기시키는 발언이나 행동은 철저하게 피했다. 그가 또다시 편안하게 죽을 수 있도록 도와달라는 말을 꺼낼까 봐 불안했기 때문이다. 다행히 K는 나에게 안겨 미안해, 날 용서해줘, 하고 속삭이곤 깊은 잠에 빠져들었다.

영화 작업이 완전히 끝난 뒤부터 K는 급격히 감정이 흐트러졌다. 거의 술에 취해 있었고, 자주 발작을 일으켰다. 또한 자신을 숨김없이 드러냈다. 자신의 고통에 관해 정확하게 말은 하지 않았지만 내가 모든 사실을 알고 있는 듯 행동했다.

그러던 어느 날, K는 서류 가방에서 검은 숫자 6이 써 있는 노트를 꺼내 나에게 내밀며 할 말이 있으니 읽어보라고 하였다. 나는 손에 든 노트를 다시 그에게 건네주며 이미 다 읽어보았노라고 대답했다. 그러자 그가 한동안 나를 응시하더니 나지막한 소리로 때가 된 것 같아, 다른 방법이 없어, 하고 중얼거렸다. 나는 올 것이 왔다는 생각에 가슴이 내려앉았다. 그의 아버지를 포함하여 지난 2년간 K의 주변에서 사고사를 당한 인물들, 다시 말해 K의 노트에 기록되어 있는 인물들이 차례차례 떠올랐다. 하지만 나는 눈을 질끈 감고 K를 향해 모두가 우연의 일치일 뿐이라고 우기기 시작했다. 그러나 K는 이미 마음의 결정을 내린 듯 별다른 동요 없이 자신도 얼마 전까진 그렇게 생각했다, 하지만 이번에 영화를 찍고 나서 확신을 갖게 되었다, 게다가 요즘엔 너까지도 해치게 될지 모른다는 두려움에 떨고 있다, 이건 발작 때문도 우연의 일치 때문도 아닌 자신의 또 다른 영혼이 저지른 일들이다, 설령 그게 아니라고 해도 자신이 그렇게 믿고 고통에서 헤어나지 못하고 있는데 어쩌겠냐는 거였다. 나는 더 이상 우겨봐야 소용없다는 것을 잘 알면서도 미친 듯이 그를 향해 외쳤다.

—다른 방법이 있을 거예요. 심령 치료를 받든지……. 괴테도 스물한 살 때 당신 같은 증상을 일으켰지만 여든세 살까지 살면서 그 유명한 『파우스트』를 남겼다잖아요. 당신도 더 훌륭한 영화를 만들기 위해 이런 고통을 겪고 있는 건지도 모

르잖아요. K, 유대교 예언자 중에도 동시에 두 군데에서 설교하는 사람이 있었다는데, 우리, 좋은 방향으로 생각해요. 그들은 당신이 죽인 게 아니라고요. 각자의 운명에 따라 세상을 떠난 거라고요!

—아니, 아니야. 난 이제 지쳤어. 내 심정 모르겠어? 이젠 양심의 문제가 아니라 이 대책 없는 고통에서 벗어나고 싶다고! 내 말이 무슨 뜻인지 모르겠어? 이 지상에는 내가 쉴 곳이 단 한 군데도 없어. 제발 날 이해해 줘!

나는 고통에서 벗어나고 싶다는 그의 절규에 할 말을 완전히 잃어버렸다. 그가 진정 원하는 것이 무엇인지를 곰곰이 생각해 보았다. 그의 말처럼 양심의 문제가 아니라는 생각이 어렴풋이 들었다. 이 세상 어디에도 K의 안식처는 없었던 것이다. 나조차 고통에 몸부림치는 그를 보며 가슴 아파할 뿐.

사실, K의 노트를 읽기 시작한 뒤부터 나는 그가 겪고 있는 현상이 무엇인지 알아내기 위해 무척 애를 썼다. 특히 K의 고통이 되어버린 검은 숫자 6의 의미를 찾아 여러 문헌을 뒤적였다. 그러다가 나는 "샤아메이티 브에타자아콰타아암." 하는 K의 울부짖음이 히브리 성경에 나오는 한 구절이라는 것을 알게 되었다. 그것은 인간의 음성으로 표현될 수 있는 가장 최상의 울부짖음이었다. 아픔과 고통이 섞이고 눈물까지 흘리는 탄식의 소리. 그래서 나는 몇몇 심령학자와 종교인을 만나보았다. 그러나 그들은 한결같이 요한계시록을 들먹였지만 확실한 답변을 하지 못했다. 단지 숫자 6을 문자적인 뜻이 아니라 상징적인 뜻으로 이해해야 한다고 말했다. 7이 완전한 숫자라면 6은 하나가 채워지지 않은 불완전한 숫자라는 거였다. 그래서 6이 세 개가 모여 666을 이루면 그것은 '불완전에 불완전에 불완전'을 나타내어 더욱 불완전한 세계인 악마와 인본주의의 극단을 의미한다는 거였다. 나는 내가 알아낸 모든 것을 종합하여 나름대로의 해석을 내릴 수밖에 없었다. 어찌 되었건, 검은 숫자 6은 상처로 얼룩진 K의 불완전한 영혼을 말하는 것이 아닌가 하고 말이다. 숫자 6이 어떻게 K에게 따라붙어 있는지는 정말 모를 일이었던 것이다.

해 질 무렵, 무엇에 놀란 듯 비명을 지르며 눈을 뜬 K는 마구 헛소리를 하기 시작했다. 나는 능숙한 간호사처럼 욕실로 달려가 모르핀을 가져왔다. K의 팔뚝에 주삿바늘을 찔러 넣으면서 그가 차라리 죽는 것이 나을지도 모른다는 생각을 했다. 심령 현상이건, 발작이건 무슨 상관이란 말인가. 죽음보다 깊은 고통에 몸부림치는 상처받은 인간에게 죽음보다 더 좋은 구원은 없다는 생각까지 들었다. 때문에 K가 다시 잠들자 나는 모르핀이 남아 있는 약병을 손에 든 채 한동안 그것을 들여다보았다. 양은 충분했다. 심한 갈등이 일었다. 하지만 나는 어느 순간 손에 들고 있던 주사기를 휴지통으로 던져 넣었다. 문득 영화의 마지막 장면이 떠올랐던 것이다.

형사 Q는 K가 바람 같은 사람이라는 나의 말에 왠지 말꼬

리를 잡지 않았다. 대신 일주일 전 그를 마지막으로 보았다는 나의 진술이 거짓인지 아닌지를 알아내려고 애를 썼다. 지난주 수요일이 5월 30일이었는데 '지난주 6월 6일에 K 감독을 마지막으로 봤다고?' 하고 물었고, 비가 오지 않았는데 '비가 내린 지난주 수요일 K 감독과 마지막으로 뭘 했어?' 하고 의도적으로 말을 바꿔가며 내가 걸려들기를 기다렸다. 하지만 나는 정신을 똑바로 차리고 그날은 그렇지 않았다고 또박또박 대답했다. 그러자 형사 Q는 안주머니에서 사진 한 장을 꺼내어 내 눈앞에 들이댔다. 뭔가, 나를 자극하려는 방법인가. 그것이 K의 죽은 모습을 찍은 사진임을 짐작한 나는 고개를 돌려버렸다. K의 모습을 원래대로 간직하고 싶었기 때문이다.

잠에서 깨어난 K는 자신이 모르핀을 맞았기 때문에 깊은 잠을 잘 수 있었다는 사실을 전혀 모르고 있었다. 요즘 들어 이렇게 푹 자긴 처음이야 하고 아주 흡족한 표정으로 나에게 말을 걸었다. 나는 불안했지만 내색을 하지 않고 뜨거운 물로 목욕을 하면 기분이 더 좋아질 거라고 말했다. 목욕을 마친 그는 내가 처음 그의 오피스텔로 찾아갔을 때 입고 있던 바다빛 실내 가운을 걸치고 욕실에서 나왔다. 나는 그의 실내복을 풀어헤치고 벌거벗은 몸을 쓰다듬으며 나를 사랑하느냐고 물었다. 스스로 유치하다는 생각이 들었지만 어쩔 수 없었다. 그러자 그가 나의 심정을 헤아린 듯 다정하게 웃으며 대답했다. 처음 작업실로 찾아갔을 때 웃통을 벗고 일하는 모습을 본 순간부터 지금까지 또 영원히…… 하고 말끝을 흐렸다. 나는 이런 상황에서 무슨 말인들 못하겠나 싶었지만 그래도 눈물이 나왔다. K와 나는 한동안 서로의 눈을 깊이 들여다보았다. 그리고 진한 키스를 했다. 그와 지낸 순간순간들이 너무나 소중하게 느껴졌다.

그 어느 때보다도 정성껏 나를 안은 K는 검은 양복으로 갈아입은 뒤 별다른 말없이 집을 나갔다. 하지만 나는 그에게 어디 가느냐고 묻지 않았다. 단지 자신을 만난 것을 후회하느냐는 그의 물음에 고개를 저으며 우산을 건네줬을 뿐이다.

자정이 가까워진 시각.

나는 K와 사랑을 나눈 침대 위에 외로운 시체처럼 누워 있었다. 창문 밖으로부터 지상을 때리는 빗줄기 소리가 들려왔다. 상처받은 영혼들이 내지르는 비명 같았다. K의 신음도 들리는 듯했다. 어느덧 내 영혼에도 검은 숫자 6이 아로새겨진 것인가. 거센 빗소리에 맞춰 내 입에서 괴성이 흘러나오기 시작했다. 내가 지금까지 만든 모든 소리를 무의미하게 만드는 소리였다. 지상에서 인간이 낼 수 있는 최상의 울부짖음. 검은 숫자 6의 공간, 피레네의 성에서 흘러나오는 눈물이 세상을 적시고 있었다.

—Sha-may' ti- Veet tzaâqa-ta-m.(나는 들었다, 그들의 울부짖음을.)

카오스 판타지

여자는 설마, 하는 심정으로 남자의 얼굴을 올려다본다. 나야, 나! 하는 표정으로 남자의 눈을 들여다본다. 하지만 번득이는 남자의 눈빛은 지금껏 여자가 알고 있던 눈빛이 아니다. 여자는 어쩌자고 오늘 같은 날 간호사를 먼저 퇴근시켰는지 모르겠다는 생각을 한다. 정신과 의사가 자신의 환자에게 처참하게 당한 몇몇 사례를 떠올리며 절망감에 사로잡힌다. 기어코 흐흑, 울음을 터뜨린다. 그 순간, 남자는 야수처럼 변한다. 걷잡을 수 없이 날뛰기 시작한다. 눈을 허옇게 뒤집고 발작을 일으킨다. 여자는 마구잡이로 날아드는 남자의 주먹을 피하기 위해 두 팔로 얼굴을 감싼 채 뒷걸음질을 쳐댄다. 남자는 멈추지 않고 여자를 사정없이 후려친다. 책장 모서리와 벽에 이중으로 머리를 부딪친 여자는 바닥으로 나가떨어진다. 남자는 그제야 꾸르륵거리는 괴상한 소리를 내며 주먹질을 멈춘다. 그리고 쓰러져 있는 여자의 멱살을 틀어쥔다. 곧바로 주머니에서 칼을 꺼내 여자의 얼굴에 들이대고 중얼거린다. 바지 벗어! 여자는 고개를 돌려 남자를 외면한다. 어림없다는 표정으로 대꾸한다. 변태 자식! 남자는 히죽히죽 웃으며 이기죽거린다. 변태? 그래, 지금부터 진짜 변태가 뭔지 확실하게 보여주마!

*

황달 기운이 있는 듯 누렇게 뜬 피부에 움푹 들어간 게슴츠레한 눈, 그 눈 밑의 검은 서클, 게다가 반쯤 벌어진 채 숨을 내쉴 때마다 가늘게 떨리고 있는 입술. BK가 바로 그런 모습으로 그의 어머니에게 이끌려 처음 병원을 찾아온 건 2년 전이었다. 그 당시 나는 갓 수련의 과정을 마친 신출내기 의사였고 그는 대학 입시를 앞둔 재수생이었다. 그리고 누가 알까 쉬쉬하며 그를 나에게 특별히 부탁한 그의 아버지는 내가 근무하는 병원의 원장인 K였다.

BK를 처음 본 순간 나는 그가 수면 부족에 시달리고 있는 것이 틀림없다는 생각을 했다. 당연히 그 이유를 청소년기나 청년기에 흔한 사이버 중독 때문이라고 짐작했다. 다시 말해 음란물 중독으로 인해 밤새 인터넷을 하느라 잠이 부족하여 몰골이 그 모양인 거라고 단정 지었다. 하지만 BK는 컴퓨터 앞에 앉으면 머리가 아파 인터넷을 즐기지 않는다고 했다. 게다가 수면 부족은커녕 지나치게 잠을 많이 자고 있어 일상생활을 할 수 없을 정도라고 했다. 그와 마주 앉아 여러 방향으로 유도 질문을 해본 나는 나의 예상이 완전히 빗나갔다는 사실에 내심 당황했다. 그가 혹시 거짓말을 하는 건 아닌가 싶기까지 했다.

나와 마주 앉은 그의 어머니는 속상한 마음에 울음부터 터뜨렸다. 그러고 나서야 글쎄 저 녀석이 제 누나의 속옷을 몸에 대고 비비고 있질 않나, 밖에 나가기만 하면 여자들의 물건을 훔쳐 오질 않나, 하며 말문을 열기 시작했다. 그리고 그가 그동안 저질렀던 온갖 변태적 행위를 줄줄이 엮어 한숨과 함께 쏟아냈다. 오늘 아침에도 저 녀석 방에 들어갔다가 기겁을 했어요. 또 어디서 가지고 왔는지 손바닥만 한 여자 팬티 여섯 장이 방 여기저기에 걸려 있지 뭐예요. 의자 등받이에도 하나, 옷걸이에도 하나, 벽시계 위에도. 새것도 아니더라고요. 그렇다면 어디선가 훔쳐온 게 아니겠어요? 그래서 내가 마구 야단을 쳤지요. 지난번처럼 또 경찰서에 잡혀가려고 남의 걸 도둑질해 왔느냐고, 도대체 어디서 누구 걸 이렇게 가지고 왔느냐고. 그런데 저 녀석이 뭐라고 궁색한 변명을 늘어놓은 줄 아세요? 가관이더라고요. 여자 팬티를 가지고 있으면 행운이 온다고 해서 그랬다나. 선생님, 난 저 녀석이 혹시 바보가 아닌가 싶어요. 어디가 모자라지 않고서야 어떻게 그런 대답을 할 수 있는 거냐고요?

그의 어머니는 더 이상 말을 잇지 못하고 또다시 눈물을 흘렸다. 그의 어머니를 통해 나는 BK가 심각한 절편음란증(切片淫亂症) 환자임을 파악했다. 성적 흥분을 위하여 무생물적 대상인 여성의 브래지어, 내의, 슬립, 팬티, 스타킹, 머리핀, 손수건 등이나 여성의 신체 일부분인 머리카락, 눈썹, 손톱, 발톱, 음모 등을 수집하여 이를 성적 공상이나 자위행위에 사용하는 여성물건애(女性物件愛) 성도착증 환자. 쉽게 말해 BK가 심각한 변태 성욕자임을 파악할 수 있었다.

하지만 BK는 좀체 마음을 열어 상담에 응하질 않았다. 아무런 문제 없는 멀쩡한 사람을 이해심이 없는 부모가 강제로 병원에 끌고 온 것이라고, 청소년기의 아들이 자위행위 한 걸 가지고 호들갑을 떠는 부모가 먼저 치료를 받아야 할 거 같지 않으냐고, 자기들은 숨어서 더 나쁜 짓을 하면서 왜 그러는지 모르겠다고, 오히려 기가 막혀 죽겠다는 표정을 지으며 대책 없이 투덜거리기만 했다. 심지어 어느 날은 눈시울까지 적시며 자신의 아버지가 변태 성욕자임을 안 뒤부터 공부를 할 수 없게 되었다고 그럴 듯한 거짓말을 늘어놓아 나를 깜박 속여 넘기기까지 했다. 어느 날 우연히 집 앞에 주차되어 있는 자동차 안을 들여다봤는데 그곳에서 자신의 아버지가 어린 여자 아이를 무릎에 앉히고 이상한 짓을 하고 있었다는 거였다. 성도착증이 어린 시절의 성적 학대나 부모의 비정상적인 성 행위가 야기한 성적 가치관의 부재로 나타나는 결과이기 때문에 나는 그의 말을 무조건 터무니없는 소리라고 무시해 버릴 수 없었다. K 원장이 설마 그럴까, 하는 마음도 없진 않았지만 어쩌면 그럴 수도 있어, 하는 생각 또한 완전히 떨쳐버릴 수는 없었다. 나 역시 청소년기에 부모로 인해 적잖은 방황을 한 적이 있기에.

나의 아버지는 가족들에게 물질적으론 완벽했지만 정신적으론 범죄자와 다름없었다. 그렇다고 폭군처럼 무지막지하게 군 건 아니었다. 오히려 다정하고 자상한 편이었다. 그런데 한 가지 정말 못 말리는 부분이 있었다. 그건 여자를 병적으로 밝히는 거였다. 특히 예쁜 여자만 보면 기어코 일을 냈다. 그래서 어머니가 그것을 비난하면 아버지는 수준 이하의 유치하기 짝이 없는, 누군가에게 말하기조차 창피스러운 말로 어머니의 입을 틀어막았다. 자신은 무조건 예쁜 여자가 좋은데 어머니는 예쁘지 않다는 것. 사실 어머니는 그리 못생기지도 않았는데 말이다. 나는 어린 마음에도 그렇게 말도 안 되는 소리를 하는 아버지가 정상이 아닌 것 같았다. 뿐만 아니라 그런 아버지의 말에 신경을 곤두세우고 울고 웃는 어머니도 역시 정상이 아니라는 생각을 했다.

어머니는 나와 언니가 중학교와 고등학교를 졸업하자마자 기다렸다는 듯 성형외과에 데리고 갔다. 어릴 적부터 어머니로부터 쌍꺼풀만 있으면 공주같이 예쁠 거라는 말을 들어온 나는 철없는 마음에 별 저항 없이 눈 수술을 받았다. 몇 개월 전 이미 쌍꺼풀을 만든 언니는 그때부터 본격적으로 온몸에 메스를 댔다. 코를 높이고, 각진 턱을 잘라 내고, 튀어나온 광대뼈를 낮춰 일 년 만에 얼굴의 전체적인 윤곽을 바꿔버렸다. 뿐만 아니라 엉덩이, 허벅지, 아랫배, 팔다리에 지방 흡입술을 받아 몸매까지 완벽하게 바꿔버렸다. 어머니는 아버지가 만났던 그 어떤 여자보다 언니가 예쁘다며 황홀한 표정을 지었다. 언니가 미인 대회에 나가 당당히 입상했을 땐 세상에 부러울 것이 없다며 펑펑 눈물을 쏟기까지 했다. 나는 그런 어머니가 역겨웠지만 한편으론 불쌍하기도 했다.

언니의 인생에 날개를 달아준 어머니는 내가 대학생이 되자 나에게까지 눈독을 들이기 시작했다. 나는 어머니에게 언니는 연예인이라서 외모가 중요하지만 내 경우는 다르다며 단호하게 거절했다. 하지만 어머니는 내가 몇 번이나 설명해도 포기하지 않고 시도 때도 없이 나를 괴롭혔다. 도대체 왜 말을 안 듣는 거니? 여자 팔자 다 거기서 거기야. 네가 의사가 된다고 별다를 줄 아니? 그저 남자한테 사랑 받고 사는 게 최고라고. 그러려면 예뻐야지. 너, 예쁜 여자 싫다는 남자 봤어? 여자가 포악하건, 머리가 나쁘건, 허영 덩어리이건, 행실

이 나쁘건, 가난하건, 무식하건, 예쁘기만 하면 사족을 못 쓰고 달려드는 게 남자라고. 사회적으로 성공한 남자들을 보면 모르겠니? 네 아버지를 보면서도 모르겠냐고!

결국 나는 진저리를 치며 어머니의 가슴을 후벼 파는 말을 했다. 제발 그 정신병자 같은 소리 좀 집어치워요! 세상 남자들이 다 아버지 같은 줄 아세요? 내가 쌍꺼풀 수술한 걸 얼마나 후회하고 있는데 또 성형수술을 하라는 거예요? 어림없는 소리 하지 마세요. 난 거울 앞에 설 때마다 내 두 눈을 파버리고 싶은 적이 한두 번이 아니었다고요. 내 수술한 눈을 보고 있으면 엄마의 불행한 삶이 고스란히 느껴져 미칠 것 같다고요. 그러니 이제 제발 그만 하라고요! 차라리 엄마가 직접 성형수술을 받고 아버지에게 사랑을 구걸하든지!

아무튼 BK로부터 완벽하게 속은 나는 나의 불행했던 청소년기를 다른 사람 얘기처럼 꾸며 그의 마음을 다독거렸다. 성도착증이 오이디푸스 콤플렉스와 깊은 연관성이 있음을 새삼 상기하며 그의 치료를 시작한 지 삼 개월 만에 처음으로 그의 차트에 호전될 기미를 보인다고 적어 넣었다. 그 직전까지 그의 차트에 주로 '저항'이라는 낱말을 써 넣던 나는 그 순간 커다란 보람을 느꼈다. 저항이란 상담과 치료의 진전을 방해하고 의사에게 협조하지 않으려는 환자의 행동을 말하는데, 그가 나에게 보인 저항은 정말 대단했다. 약속 시간에 지각하고, 연락 없이 약속한 상담에 응하지 않고, 내 머리카락을 뽑

거나 발을 만지는 등 무례한 행동을 하고, 별로 중요하지 않은 옆집 강아지 이야기를 길게 늘어놓아 나를 피곤하게 했다. 또한 근본적인 갈등을 해결하기 위해 특정한 생각, 감정, 경험 같은 걸 물어도 절대 입을 열지 않았다. 나는 그런 그의 저항을 없애기 위해 엄청난 노력을 했지만 번번이 실패했다.

때문에 그의 어머니를 통해 그가 한 말이 새빨간 거짓임을 알아낸 나는 허탈감에 어이없는 웃음을 터뜨렸다. 어느 날 우연히 집 앞에 주차되어 있는 자동차 안을 들여다봤는데 그곳에서 자신의 아버지가 어린 여자 아이를 무릎에 앉히고 이상한 짓을 하고 있었다는 진술 부분. 언젠가 한 중년 남자가 집 앞에서 그런 짓을 해 남편이 잡아 혼을 낸 적이 있었는데, 그때 BK도 옆에 있었다며, 그걸 보고 녀석이 거짓말을 꾸민 모양이라고, 더욱이 교회 권사인 남편이 변태 성욕자일 리가 있겠느냐며 그의 어머니는 나보다 더 허탈한 웃음을 터뜨렸다. 그리고 자신의 남편에겐 이런 내용을 보고하지 말아달라고 부탁까지 했다. 남편과 아들 BK와의 사이가 더 이상 멀어지는 것이 싫다며. 그날 밤 나는 한 외과의사 친구를 불러내 술을 마셨다. 환자로 인해 그렇듯 깊은 절망감에 빠져보긴 처음이었다.

그러던 BK가 진짜로 호전될 기미를 보인 것은 내가 짐짓 으름장을 놓은 뒤부터였다. 나는 그에게 계속 비협조적으로 굴면 입원 치료를 시킬 수밖에 없노라고 단호하게 말했다. 그

말을 할 당시 나는 조금 예민해져 있었다. 왜냐하면 이상하게도 그날은 되는 일이 하나도 없었다. 아침엔 스커트를 입기 위해 슬립을 찾느라 한바탕 난리를 피우다 결국 못 찾고 그 전날 입었던 바지를 다시 입었고, 출근해서는 스케줄을 체크하다 종이에 손가락을 베어 피가 났고, 점심 식사 땐 식당 종업원이 음식을 나르다가 내 재킷에 반찬 국물을 쏟았고, 식사를 마치고 병원에 돌아왔을 땐 간호사가 BK와 언성을 높이며 싸우고 있었던 것이다.

BK를 안정시켜 상담실 안으로 먼저 들여보낸 나는 눈을 부릅뜨고 간호사를 쳐다보았다. 그러자 그녀가 재빨리 머리를 조아리며 죄송합니다, 선생님. 저도 얼떨떨해요. BK가 여기 놓여 있던 제 머리핀을 집어 자기 바지 주머니에 넣는 걸 두 눈으로 똑똑히 봤는데…… 하고 말끝을 흐렸다. 나는 아무리 그렇다고 해도 알 만한 사람이 환자와 싸움을 하면 어떻게 하느냐고 간호사를 질책했다. 그러자 간호사가 여전히 얼떨떨한 표정으로 자신도 처음엔 BK가 장난을 치는 줄 알고 웃으면서 그의 바지 주머니를 뒤졌는데 갑자기 손을 잡아 비틀며 욕을 하는 바람에 어쩔 수 없었노라고 중얼거렸다. 주머니를 확인하게 해주면 간단한 걸 가지고 무조건 안 훔쳤다고 하니……. 간호사의 구시렁거림을 뒤로하고 나는 서둘러 상담실로 들어갔다. 소파에 얌전히 앉아 있던 BK는 나를 보자마자 벌떡 자리에서 일어났다. 그리고 그제야 바지 주머니를 뒤

집어 보이며 결백을 주장했다.

"이것 보세요. 어디 있다고 그래요? 내가 안 훔쳤다고요!"

나는 BK의 행동에 아무런 반응을 보이지 않았다. 진짜 결백했으면 아까 주머니를 까 보였어야지 이 사람아, 누굴 속이려고 이래! 하고 마음속으로만 외쳤다. 대신 그의 불안정한 심리를 역이용해 일침을 놓았다. 오늘도 계속 비협조적으로 굴면 입원 치료를 시키겠노라. 내 말에 BK는 누구 맘대로 입원을 시켜요? 하고 저항했지만 곧 풀이 죽었다. 혼자 뭔가 골똘히 생각에 잠겨 있더니 어느 순간부터 고분고분해졌다. 나의 물음에도 거부 반응을 보이지 않고 순순히 대답했다. 나는 그 순간을 놓치지 않고 그에게 요구했다. 어떤 얘기든지 다 해보라고. 그러자 그가 난 2년 전부터 꿈속을 헤매고 있는 듯한 느낌이에요, 하고 입을 열더니 더듬더듬 자신의 얘기를 털어놓기 시작했다. 그는 자신의 아버지인 K 원장을 '그 인간'이라고 했다.

"제 고통은 중학교 3학년 때 꿈이 좌절되면서부터 시작되었어요. 그 인간은 전교 1등을 하는 제가 대를 이어 의사가 되지 않고 래퍼가 되겠다고 하자 불같이 화를 냈어요. 하지만 에미넴의 음악에 완전히 미쳐 있던 저는 그 인간에게 폭언과 폭행을 당하면서도 매일같이 친구들과 어울려 래퍼가 되기 위한 노래 연습을 했어요. 에미넴의 어린 딸이 부른 '아빠는 미쳤어' 라는 노래를 즐겨 들으면서 말이에요. 그런데 선생님,

에미넴이 누군지 아세요?"

"고리타분한 여왕이 왕자를 지하 감옥에 가두려 한다."

나는 대답 대신 영국의 윌리엄 왕자가 에미넴의 음악을 좋아한다는 이유로 할머니인 엘리자베스 여왕과 갈등을 빚고 있다는 어느 신문 기사의 혹평을 중얼거렸다. 그러자 BK가 처음으로 히힛, 하고 웃어대며 신나게 말을 이었다.

"히힛, 맞아요. 흑인 일색인 랩 세계에서 유일하게 그래미상 2관왕에 오른 그 백인 가수 말이에요. 그의 랩도 들어봤어요? 그 가사를 자세히 들어봤느냐고요."

"자살, 살인, 섹스 같은 게 뒤죽박죽 비속어와 욕설로 섞여 있어 난 좀 그래. 특히 자기 엄마를 갖가지 욕으로 난도질하는 '킬 유(Kill You)' 같은 노래는 듣기 거북해."

"히힛, 그게 왜 듣기 거북하죠? 세상 사람들은 그보다 더 난도질당할 짓들을 하고 사는데. 히힛, 난 사람들이 그런 노래에 거부감을 느끼는 이유를 알고 있지요. 자신들의 치부가 까발려져 드러나니까 귀를 막는 거라고요. 히힛, 그 인간도 그런 노래가 악마의 소리라고 욕을 하지만 사실 난 그 인간이 더 악마같이 느껴지거든요. 아들이 래퍼가 되길 꿈꾼다고 친구들 앞에서 귀를 잡아당기고, 뺨을 때리고, 옷을 찢는 사람이 악마가 아니고 뭐겠어요. 아! 그때의 모멸감은 죽어도 못 잊을 거예요. 히힛, 아무튼 난 그때부터 노골적으로 이상한 짓을 하기 시작했다고요."

BK의 말이 떨어지기가 무섭게 나는 기회를 놓치지 않고 그 이상한 짓이 뭐냐고 물어보았다. 하지만 그는 나를 약올리려는 듯 엉뚱하게 랩송을 부르기 시작했다. 손가락을 벌려 허공을 찌르고 리듬에 맞춰 몸을 흔들며 능숙하게 랩을 했다. 나는 느닷없는 그의 행동이 어색하게 느껴졌지만 애써 태연을 가장하며 그의 모습을 지켜보았다.

"혹독한 현실에 걷어차인 내 삶 속에 깊숙이 파인 함정 속에서 보낸 지난 2년 간의 공백 처참히 고개 숙인 채 수많은 욕설을 참고 또 참아 다다른 이곳 막다른 골목 또 다른 고통의 시발점 하지만 2년 전 그때 완전 반대의 입장 피장파장 맞서줄 테니까 어디 한번 신나게 나불거려봐 내 노래의 피를 복수의 피로 바꿔준다면야 고맙지 나로선 땡큐 베리 머치……."

BK의 랩은 어쭙잖은 래퍼들보다 훨씬 훌륭했다. 그의 아버지 K 원장이 아들의 꿈을 키워줬어야 했다는 생각이 들 정도였다. 그의 랩이 끝나자마자 내 입에선 절로 환호가 터져나왔다. 그러자 그가 한동안 나를 멀뚱히 쳐다보더니 정색을 하고 입을 열었다. 마침내 그를 치료하려면 내가 꼭 알아야 할 이야기를 들려주기 시작했다.

그는 서슴없이 자신이 절편음란증 환자임을 잘 알고 있노라고 말했다. 그게 영어로 페티시즘(fetishism)이라는 것까지 알고 있노라고 했다. 나는 그가 자신의 병을 정확히 알고 있다는 사실에 잠시 할 말을 잃었다. 하지만 그는 나에게 모든 얘기를 털어놓기로 결심한 듯 별달리 망설이는 표정 없이 말을 조리 있게 이어 나갔다. 하루가 멀다 하고 아버지의 폭언에 시달리던 그즈음부터 백화점 여자 속옷 코너 주변을 맴돌기 시작했고, 그러다가 여자들의 팬티, 브래지어, 스타킹과 머리핀, 손수건 같은 것들이 눈에 띄면 닥치는 대로 훔쳤다고 했다. 하지만 요즘엔 거의 그런 짓을 하지 않는다고 했다. 그 이유가, 누군가를 사랑하기 시작했는데 그 사랑하는 사람을 위해 자신을 깨끗하게 지키고 싶다는 생각이 든 때문이라는 것이었다.

BK의 말을 묵묵히 듣고 난 나는 사랑하는 여자와는 섹스를 하고 있느냐고 조심스럽게 물었다. 그가 여자와 정상적인 섹스를 한다면 그처럼 좋은 예후는 없을 터였다. 하지만 그는 입을 앙다물고 고개를 가로저었다. 갑자기 어두워진 그의 표정을 본 나는 즉시 상담을 끝내버렸다. 그가 온전치 않은 사랑을 하고 있다는 느낌과 함께 아직 그 얘기를 나눌 시기가 아니라는 생각이 들어서였다.

입원 치료를 하지 않아도 되겠다는 나의 말에 BK는 어린아이처럼 좋아했다. 뿐만 아니라 상담에도 적극적으로 응하기 시작했다. 나는 하루가 다르게 증세가 호전되는 그를 보는 것이 즐거웠다. 하지만 어느 순간부터인가, 나는 그를 경계의 눈초리로 바라보기 시작했다. 언제부터인지 알게 모르게 내 속옷들이 사라지고 있다는 생각이 든 때문이었다. 물건을 잃어버리는 것이 단지 나의 건망증 때문이라고 하기엔 석연찮은 구석이 너무 많았던 것이다.

일요일 저녁, 나는 헬스클럽에 가지 않고 일부러 시간을 내어 속옷을 넣어두는 서랍장을 정리했다. 그러면서 어디론가 감쪽같이 사라져버린 속옷이 생각보다 꽤 많다는 사실을 발견했다. 색깔과 무늬는 물론 디자인까지 확실하게 말할 수 있는 것만 따져도 슬립 둘에 브래지어가 셋, 팬티는 여섯 장이나 되었다. 구입해서 한 번도 입지 않은 실내 가운과 분홍빛 란제리 세트는 아예 포장째 사라져버렸다. 나는 아찔했다. 속옷에 발이 달린 것도 아니고 집 안 어디에도 없다면 그건 분명 누군가 나 몰래 내 집에 들어와 그것을 가져갔다는 건데, 하는 생각이 들자 소름이 끼쳤다. 괜스레 요란하게 소리를 내어 욕실 안을 둘러본 뒤 현관문이 잠겨 있나 확인했다. 그러고 나서 인터폰을 들고 오피스텔 경비원과 통화를 했다.

혹시 BK가?

1004호에 플루트를 배우는 남학생이 일주일에 두세 번 드나들 뿐이라는 경비원의 말을 듣는 순간 나는 본능적으로 그런 생각을 했다. 언젠가 그가, 악기를 잘 다루는 어느 랩가수 얘기를 하다가 난데없이 플루트를 배우고 싶다는 말을 한 적이 있었고, 또한 그가 간간이 대답하기 곤란한 질문을 던져 나를 어리둥절하게 만든 사실이 떠오른 때문이었다.

어느 날 BK는 상담 시간 내내 한숨을 내쉬었다. 나는 그에

게 왜 한숨을 쉬느냐고 묻지 않았다. 하지만 나를 똑바로 쳐다보지 못하고 고개를 숙이고 있다가 어쩌다 눈이 마주치자 분홍 물감이 번지듯 얼굴이 달아오르는 그를 확인하곤 아차, 내가 정말 중요한 한 가지를 간과하고 있었다는 사실을 알아차렸다. 일을 하다 보면 그런 일이 비일비재해, 하고 어느 여자 환자가 자신을 좋아해 그것을 극복시키기가 힘들었다는 한 선배의 말이 떠올랐다. 그래서 그 선배가 가르쳐준 대로 상담이 끝날 때까지 BK의 감정을 모르는 척했다. 하지만 나는 마음속으로 나 자신을 질책하고 있었다. 정신과 전문의로서의 자질을 의심하며 스스로에게 화를 내기까지 했다. 그동안 나는 그에게 선생님은 나 같은 남자를 사랑할 수 있어요? 선생님은 내 몸을 더럽다고 생각하지 않지요? 내가 병을 고치면 선생님은 나를 정상인처럼 대해 줄 수 있나요? 하는 따위의 질문을 여러 차례 받았다. 그럴 때마다 나는 K 원장을 떠올리며 너의 몸은 더럽지 않다, 너는 질병에 걸렸을 뿐 얼마든지 정상적인 남자로 다시 태어날 수 있다는 말을 해주었다. 그러면 그는 눈을 반짝거리며 만약 내가 선생님의 속옷을 훔쳐 그런 짓을 했다면 어떻게 하시겠어요? 그때도 넌 질병에 걸린 것뿐이라고 말할 자신이 있으세요? 그래도 저를 미워하지 않을 자신이 있냐고요? 하고 나를 테스트하는 듯한 질문을 던졌던 것이다.

BK의 소행이 틀림없다는 생각이 들자 나는 화가 났다. 그 사실을 믿고 싶지 않았다. 그가 괘씸하기도 했지만 그러고도 정신과 의사라고 할 수 있느냐는 자책이 앞선 때문이었다. 나는 생수 한 컵을 벌컥벌컥 마시고 나서야 마음을 가라앉혔다. 팔짱을 끼고 서서 열려 있는 서랍장 안의 속옷들을 내려다보며 BK가 어떻게 내 오피스텔에 들어올 수 있었는지 따져보았다. 잠긴 현관문을 열었다는 얘긴데……. 하지만 나는 곧 열쇠 수리공을 부른다든지, 영화에서처럼 갈고리 같은 것을 이용한다든지 하는 방법으로 마음만 먹으면 얼마든지 가능한 일이라는 생각을 하며 냉정하게 중얼거렸다. 이건 분명 범죄야. 대책을 세워야 해.

나는 집 안의 모든 물건을 제자리에 놓고 세밀하게 정리하기 시작했다. 몇몇 물건엔 누군가 조금만 건드리면 단박에 알아볼 수 있도록 나만의 표시를 했다. 그리고 서랍장에 들어있는 속옷을 모두 꺼내 팬티 하나만 남겨놓고 커다란 가방에 담았다. 그것을 들고 문밖으로 나갔다. 그럴 리가 없다는 걸 뻔히 알고 있으면서도 금방이라도 BK가 1004호 안에서 튀어나올 것만 같아 가슴이 두근거렸다. 또한 그가 어디선가 숨어 나를 지켜보고 있을 것 같아 두리번거리며 지하 주차장으로 내려갔다. 자동차 트렁크에 가방을 넣고 쾅 소리가 나게 문을 닫은 뒤에야 나의 과민 반응에 어이없는 웃음을 터뜨렸다.

어제저녁, 나는 드디어 닷새 만에 BK가 몰래 다녀간 흔적을 발견했다. 침대 위에 미끼삼아 접어놓았던 팬티가 다른 모양으로 접혀 있는 걸 확인한 것이다. 세로 접기 한 뒤 가로로 한 번 더 접어놓았던 팬티가 반대로 가로가 먼저 접혀 원래와 다른 각도로 놓여 있었던 것이다. 그것을 확인한 나는 즉시 1층으로 내려갔다. 그리고 사복으로 갈아입고 퇴근을 하기 위해 오피스텔 건물을 막 빠져나가고 있는 경비원을 불러 세웠다.

경비원은 내가 만 원짜리 석 장과 함께 건네준 폴라로이드 카메라로 BK의 옆모습을 넉 장이나 찍어놓았다. 그것을 나에게 내밀며 여태껏 기다렸는데 언제 오셨어요? 제가 옷 갈아입으러 간 사이에 들어가셨군요, 그런데 가슴이 떨려서 앞모습은 못 찍었어요, 그래도 이 정도면 된 거 같은데요, 하고 수다스럽게 말했다. 나는 경비원의 말이 귀에 들어오지 않았다. 막상 오후 2시 6분에 카메라에 포착된 인물이 BK임을 확인하자 기분이 착잡했던 것이다.

개에게 음식을 줄 때마다 종을 쳤더니 종만 쳐도 개가 침을 흘렸다는 조건 반사 실험. 나는 파블로프의 '개의 침'에 관한 실험을 떠올리며 레이스 달린 손수건을 상담실 탁자 위에 올려놓았다. 그리고 BK가 어김없이 손수건을 노릴 거라는 생각을 하며 회심의 미소를 지었다. 현장을 잡는 순간 사진을 들이대며 혼을 내주리라 마음을 단단히 먹고 BK를 기다리기 시작했다. 하지만 그는 약속 시간이 되어도 나타나지 않았다. 나는 상담실 문을 열고 서서 간호사에게 오늘 마지막 예약 환자가 BK가 맞느냐고 물어보았다. 간호사는 고개를 끄덕이며 요즘엔 열심히 나왔는데, 오늘은 조금 늦는 모양이라고 묻지 않은 대답까지 했다.

BK는 한 시간이 지나도 병원에 나타나지 않았다. 나는 대기실로 나가 서성거리며 출입문을 주시했다. 그렇듯 초조해하는 내 모습을 처음으로 접한 간호사는 몇 번이나 고개를 갸우뚱거렸다. 그러다가 퇴근 시간이 지나자 눈치를 살피며 선생님, BK가 오늘은 오지 않을 것 같은데 어쩌죠? 하고 말했다. 나는 낭패감에 얼굴이 굳어졌다. 어색한 미소를 지으며 간호사에게 먼저 퇴근하라는 말을 하고 상담실로 들어갔다.

창밖엔 비가 내리고 있었다. 나는 비가 오는 것도 모르고 BK를 기다리고 있던 나 역시 제정신이 아니라는 생각을 하며 가운을 벗었다. 먼저 퇴근하겠다는 간호사의 인사를 받으며 외투를 입었다. 오늘 BK가 나타나지 않은 것이 어쩌면 더 잘된 일인지도 모른다는 생각을 하며 미끼로 던져놓았던 탁자 위의 손수건을 물끄러미 내려다보았다. 사실 BK가 무슨 잘못이 있겠는가. 굳이 잘못을 따지자면 물질만 비대해진 이 사회가 잘못이고, 인간성을 잃고 파블로프의 개처럼 살아가는 방식을 자식들에게까지 대물림하려는 부모들의 잘못이 훨씬 클 터였다. 잠시 생각에 잠겨 있던 나는 손수건을 치우기 위해 탁자 쪽으로 다가갔다.

그때 병원 출입문이 열리는 소리가 들렸다. 나는 반사적으로 몸을 돌리며 누구세요? 하고 물었다. 내밀었던 손으로 손수건을 잡는 대신 상담실 문을 열었다. 그러자 대기실 한가운데 비에 흠뻑 젖은 BK가 물을 뚝뚝 흘리며 유령처럼 서 있었다. 나는 소스라치게 놀랐다. 본능적으로 위험을 감지했다. 주춤주춤 상담실 안으로 뒷걸음질치며 그를 향해 필요 이상 큰 소리로 외쳤다.

"오늘은 너무 늦게 와서 상담을 할 수 없겠어. 내일 다시 올래?"

그는 나의 말을 무시했다. 뚜벅뚜벅 상담실 안으로 걸어 들어와 고통스럽게 일그러진 얼굴로 이렇게 중얼거렸다.

"어젯밤에 당신이 우리 아버지와 같이 있는 걸 봤어. 내가 부르는 것도 모르고 지나가더군. 난 당신을 우리 아버지 같은 인간하곤 상대도 안 하는 사람이라고 여겼는데, 그 인간을 만나고 있다니 정말 당신에게 실망했어. 당신을 용서할 수 없다는 결론을 내렸어."

정신과 환자들은 자신이 관심을 갖고 있는 사람과 비슷한 사람이 길을 지나가면 곧 그 사람일 거라고 생각하고 오해를 하는 경우가 많았다. 그래서 나는 이미 이성을 잃고 반말을 해대는 그에게 아무런 대꾸하지 않았다. 대신 그가 갑자기 이런 식으로 내 앞에 나타나게 된 이유를 재빨리 헤아려보았다. 아무리 생각해도 나와 K 원장의 관계를 알았기 때문이라기보다 내가 서랍장의 속옷을 모두 치워버렸기 때문인 것 같았다.

그래서 그가 자신의 더러운 짓거리를 나에게 들켰다는 극심한 불안감으로 망상에 사로잡힌 것 같았다. 그렇지 않고서야 갑자기 내가 자신의 아버지인 K 원장과 놀아났다는 이야기를 늘어놓을 까닭이 없었다. 더욱이 어젯밤은 나와 K 원장이 만나는 날도 아니었으니 말이다.

당장은 무슨 말을 해도 통하지 않을 터, 나는 BK가 갑자기 달려들 경우를 대비하기 시작했다. 재빨리 소파 뒤로 물러나며 책상 위의 스탠드를 손에 들었다. 그러면서 그가 K 원장의 아들이라는 사실 때문에 약해지려는 마음을 다잡았다. 이 남자는 K 원장의 아들 BK가 아니다, 내 집에 몰래 들어와 내 물건을 훔쳐간 도둑이다, 지금은 내 환자가 아니고 내 목숨까지 위협하는 범죄자일 뿐이다. 나는 스탠드를 등 뒤로 감춘 채 BK의 움직임을 주시했다. 그가 탁자 위에 놓여 있는 내 손수건을 흘끔거리기 시작했다. 잠시 안절부절못하던 그는 나를 한번 흘끔 쳐다보더니 손수건을 집어 들었다. 그러고는 파블로프의 개처럼 침을 질질 흘리며 괴상한 짓을 하기 시작했다. 손수건을 자신의 코에 들이대고 끙끙거리다가 온 얼굴에 문질러대며 신음을 했다. 그러면서 몽롱한 시선으로 나를 쳐다보았다. 나는 그의 행동이 너무 역겨워 그에게서 고개를 돌려버렸다.

"왜 우리 아버지 같은 새끼를 만나는 거야? 환자 노릇 하다 널 좋아하게 된 내가 정말 정신병자처럼 보이니? 그럼 날 치료하는 넌 도대체 뭐니? 날 정신병자로 만들면서 너희들은 도대체 무슨 사이코드라마를 하는 거냐구!"

악을 쓰면서도 BK는 집요하게 손수건에 매달렸다. 어느새 그는 자신의 성기 부분에도 손수건을 비벼대고 있었다. 나는 화가 치밀어 올랐다. 이젠 K 원장도 떠오르지 않았다. 그동안 그가 내 속옷들을 가지고 내 침대 위에서 벌였을 짓거리를 떠올리자 미칠 것 같았다. 내가 의사라는 사실도 잊고 그를 노려보며 고함을 터뜨렸다.

"변태 자식!"

그 순간, BK는 동작 그만! 하고 명령을 받은 이등병처럼 일시에 하던 짓을 멈추고 허공을 노려보았다. 그러더니 어느 순간 나를 쳐다보며 차갑게 중얼거렸다.

"내가 변태라고? 낮엔 고상한 정신과 의사로 살고 밤엔 동물 같은 인간의 정부로 이중생활을 하고 있는 너야말로 변태 아냐?"

나는 강력하게 고개를 내저었다. 그러자 BK가 랩을 하듯 뭔가를 웅얼거리며 나를 향해 다가오기 시작했다. 내 손수건은 그의 손에 들린 채 너울너울 허공에서 춤을 추고 있었다. 나는 연신 고개를 내저으며 스탠드를 두 손으로 단단히 움켜잡았다. 올 테면 와보라는 자세를 취했다. 하지만 BK의 웅얼거림이 끝나기도 전에 내 손에 들려 있던 스탠드는 그의 손으로 넘어가 바닥으로 던져졌다. 스탠드를 빼앗긴 내 손은 사정없이 날아드는 그의 주먹을 막아내기에도 바빴다. 그래도 나는 기를 쓰고 연신 더러운 변태 자식이라고 외치며 그에게 저항했다. 그러자 그가 주머니에서 칼을 꺼내 내 얼굴에 들이대며 바지를 벗으라고 했다. 나는 죽음의 공포에 휩싸여 꼼짝도 하지 못했다.

"여길 확 쑤셔버리기 전에 빨리 벗으란 말이야!"

나는 BK가 시키는 대로 움직일 수밖에 없었다. 바지를 벗은 뒤, 또다시 그의 지시에 따라 팬티마저 벗어 그에게 건네주었다. 그는 나의 팬티를 자신의 코에 대고 끙끙거렸다. 그러다가 그것을 신경질적으로 내 입 안에 쑤셔넣은 뒤 히죽거리며 자신의 바지 지퍼를 내렸다. 그때부터 나는 커다란 미친개 한 마리가 내 몸 여기저기를 물어뜯는 환각에 사로잡혔다. 고통스러웠다. 차라리 죽는 게 낫겠다는 생각이 들었다. 때문에 그가 내 안으로 들어오는 순간 칼이 들려 있는 그의 손을 잡아 내 몸쪽으로 힘껏 잡아당겼다. 하지만 그는 나를 개의치 않고 한 마리 미친개가 되어 정신없이 헐떡거리며 내 몸을 물어뜯고 있었다. 나는 왼쪽 옆구리부터 서서히 감각이 없어지는 것을 느끼며 그에게 외쳤다. 내 외침은 처절한 신음으로 변해 입 밖으로 밀려 나왔다.

"제발 이러지 마…… 제발 이러지 말라고! 난 그냥 사랑했을 뿐이야."

*

눈부신 햇살이 실내로 밀려든다. 환자복 차림의 여자가 휠체어에 앉아 있다. 창밖으로 시선을 고정시킨 채 화폭 속의 인물화처럼 굳어 있다. 창을 넘어 밀려드는 햇살이 예리한 칼날처럼 여자의 이마를 비껴가고 있다. 여자의 휠체어 뒤에는 누가 봐도 예쁜 여자 연예인 SM이 서 있다. 그녀는 눅눅하고 빛바랜 주변의 분위기와 대조를 이루며 한 남자를 맞이하고 있다. 의사 가운을 입은 남자는 황홀한 표정을 애써 감추며 그녀에게 말한다. 아무래도 동생 분은 오늘 폐쇄 병동으로 옮겨야 할 것 같습니다. 그녀는 약물로 부풀린 입술을 꿈틀대며 묻는다. 그렇게 심한가요? 칼에 찔린 상처는 별거 아니라고 했잖아요. 남자는 그녀의 입술이 섹시하다는 생각을 하며 대답한다. 옆구리 상처는 문제가 아닌데, 정신적인 충격이 워낙 크네요. 또 실어증이라 아직은 뭐라고 예견하기가 어렵네요. 그녀는 놀란 연기를 할 때처럼 쌍꺼풀 수술을 한 눈을 동그랗게 뜨고 다시 묻는다. 절망적이란 말씀인가요? 남자는 여자의 눈에 빨려 들어갈 것 같다는 생각을 하며 대답한다. 글쎄요, 저도 같은 의사 입장으로서 무슨 말을 해야 할지 모르겠네요. 정신과 의사가 정신 병동으로 가게 되었다는 게 정말 기막힌 아이러니라는 생각만 드네요. 그녀는 팽팽하게 당겨진 이마를 살짝 찡그리며 대꾸한다. 저도, 뭐가 뭔지 모르겠어요. 남성 기피증이 있어 결혼도 안 하겠다던 애가 어떻게 K 원장과 그런 관계를 맺었는지…… 도대체 누가 미치고 누가 미치지 않은 건지 모르겠네요. 예쁜 여자는 얼굴을 찡그려도 예쁘다는 생각을 하며 남자는 대꾸한다. 그러게 말입니다. 남자는 주위를 두리번거린 뒤 속삭이듯 작은 소리로 다시 말을 잇는다. BK는 어제 이송되었습니다. 그런데 여기서 이럴 게 아니라, 어디 가서 차라도 한잔 하며 얘기하는 게 좋겠네요. 병원 내에서는 워낙 쉬쉬하는 일이라. 그녀는 자기 어머니의 말대로 남자가 꽤 괜찮다는 생각을 하며 갸름하게 깎은 턱을 치켜들고 남자를 따라나선다.

주변의 분위기와는 다른 차원에 머무는 듯 휠체어의 여자는 여전히 미동도 하지 않고 앉아 있다. 미진한 바람에도 우수수, 병원 마당의 은행 잎들이 힘없이 떨어져 내린다. 하지만 여자의 초점 없는 시선은 은행 잎에도 머물지 않고 나무에도 머물지 않는다. 어디를 보고 있는지 알 수가 없다. 예리한 칼날처럼 비껴가던 햇살이 이윽고 여자의 이마에 덮인다. 햇살이 눈을 찌르고, 목을 찌르고, 가슴을 찔러도 여자는 꼼짝하지 않는다. 창밖엔 다시 한차례 바람이 불고 더 많은 은행 잎이 떨어져 내린다.

사이렌, 사이렌

그들의 모습은 일반 군인 같기도 하고, 보건 복지부 직원 같기도 하고, 특수 부대 요원 같기도 했다. 하지만 어찌 된 일인지 내 눈에는 그들이 마치 세상을 관장하는 거대한 힘의 사자들처럼 보였다. 이상한 일이 아닐 수 없었다. 아무튼 그들이 내 집 현관문을 부수고 들어왔을 때 나는 너무나 당황한 나머지 투항하는 패잔병처럼 두 팔을 번쩍 들어올렸다. 정말 창피할 정도로 바보 멍청이 같은 모습이었다. 하지만 그들은 위생복을 입고 방독면을 썼음에도 불구하고 나에게 다가오지 않았다. 주름관이 달린 희한한 물건을 하나씩 들고 서서 한동안 자기들끼리 눈짓을 주고받다가 어느 순간 일제히 나를 향해 하얀 기체를 뿜어댔다. 나는 순식간에 온몸의 근육이 뻣뻣하게 굳어 움직일 수가 없었다. 의식은 생생했지만 이내 통나무가 쓰러지듯 바닥으로 나동그라졌다. 그들은 그제야 나에게 조심스레 다가왔다.

그들에게 거의 공중으로 몸이 들린 채 호송차로 옮겨진 나는 비참했다. 폐기물이 된 기분이었다. 나를 태운 호송차는 한 시간가량 달리다가 속도를 늦추기 시작했다. 차창이 없는 탓에 그곳이 어디인지 가늠할 수 없었지만 나는 거의 목적지에 도착한 모양이라고 여겼다. 역시 호송차는 잠시 뒤 어느 건물 지하로 내려가고 있는 듯 앞쪽으로 기울어져 원을 그리듯 한참을 내려갔고 곧바로 문이 활짝 열렸다. 그러자 무장을 한 두 사람이 호송차 안으로 뛰어올랐다. 그들 역시 나를 함부로 다뤘다. 발로 툭툭 차 건드려본 뒤 뻣뻣한 내 몸을 옆으로 굴려 들것 위로 실었다. 나는 감각이 없어 아프지는 않았지만 차라리 죽는 게 났다는 생각을 했다. 아니 근육이 풀리면 무슨 수를 써서라도 죽어버려야겠다는 생각을 했다.

벽과 바닥이 온통 하얀 격리실은 6인용 병실이었다. 그곳에는 나보다 먼저 끌려온 사람이 다섯 명이나 있었다. 그들은 한결같이 눈동자가 풀려 있었다. 학생처럼 보이는 두 명의 남자와 안경을 쓴 남자는 침대 위에 앉아 있었고, 유난히 눈썹이 짙은 남자와 코끝에 점이 있는 남자는 서성거리며 안절부절못하고 있었다. 나는 왠지 그들이 낯설지 않았다. 분명 어디선가 본 사람들이었다. 하지만 나는 우선 그들이 움직이고 있다는 사실에 주의를 기울였다. 시간이 지나면 나도 그들처럼 움직일 수는 있게 되리라는 희망. 때문에 침대 위에 짐짝처럼 놓인 나는 오로지 근육이 풀리기만을 기다렸다. 그리고 겨우 눈을 깜빡일 수 있게 되자 나에게 일어났던 일을 하나하나 되짚어 보기 시작했다.

전염병이 돌고 있다는 소식을 처음 들은 건 열흘 전이었다. 그날은 뮤가 사라진 날이기도 했다. 그 사흘 전 나는 몇몇 사람들과 함께 문 섬에 갔다. 거의 무인도에 가까운 그곳에서 내내 뮤와 버디를 이뤄 스쿠버다이빙을 즐겼다. 그리고 집으로 돌아오는 길에 자동차 안에서 전염병에 관한 뉴스를 접하게 되었다.

뉴스의 자세한 내용은 이랬다.

감염이 의심되는 사람이 병원에서 격리 치료를 받고 있는데 그 증상이 너무 특이해서 초비상이 걸렸다. 생체 내의 신경 전달 물질인 세로토닌, 노르에피네프린, 도파민 등이 정체불명의 바이러스 감염에 의해 이상을 일으켜 정신 질환 증세를 나타낸다. 사람마다 잠복 기간과 구체적인 증상이 달라 역학 조사를 하는 데 많은 애로가 있다. 한마디로 멀쩡한 사람이 정신병자가 되는 괴이한 전염병이 돌아 큰일 났다는 것이었다.

뉴스를 듣고 난 뮤는 세상에! 어떻게 정신병에 걸리게 하는 바이러스가 있을 수 있단 말이야! 하고 입을 다물지 못했다. 그래도 자연과학 쪽 선생질을 하고 있는 내가 무슨 설명이라도 해주길 바라는 눈치였다. 하지만 나는 쳇, 하고 혀를 차며 투덜거렸다.

"왜 그런 전염병이 도는지 모르겠어? 말세가 온 거야. 지난번에 독일에서 온 어느 사회학자도 그러더라. 세상 모든 것이 이미 돌이킬 수 없는 상태가 되었다고. 그렇다면 앞으로 무엇이 남았겠어? 두고 봐, 머지않아 모두들 미쳐 날뛰다가 죽을 거라고."

뮤는 또 그런 소리냐는 표정으로 나를 하얗게 흘겨보았다. 그러고는 라디오에서 감염된 사람의 이름이 흘러나오자 고개를 갸우뚱하며 중얼거렸다. 어, 내가 아는 사람하고 사는 동네와 이름이 똑같네. 설마 그 사람은 아니겠지? 나는 뮤가 말하는 사람이 요즘 들어 그녀와 계약을 맺고 섹스를 교환하고 있는 사람임을 짐작하며 비아냥거렸다. 걱정 마라, 그 눈썹 짙은 정치인 놈은 아닐 거다. 근데 보균자가 범죄자도 아닌데 저 새끼들은 왜 이름까지 밝히고 지랄인 거야. 하여간 웃기는 놈들이야. 자기 가족이라면 저렇게 하겠어? 내 말투가 점점 거칠어지자 뮤는 제발 그만 해! 그리고 너나 잘 해! 하고 외친 뒤 더 이상 나를 상대하지 않았다.

뮤의 입에서 너나 잘 하라는 말이 나오자 나는 할 말이 없었다. 아버지에게 버림받고 평생 나를 위해 살아온 어머니가 떠오른 때문이었다. 어머니는 재래시장 입구에서 닭집을 했다. 닭 모가지를 비틀어 번 돈으로 최선을 다해 나를 키웠다. 나는 구질구질하게 사는 것이 싫었다. 실력만 갖추면 성공할 수 있다는 생각에 공부만 열심히 했다. 그리고 대학을 졸업한 뒤엔 교수가 되기 위해 학교에 남아 온갖 궂은일을 다 했다. 하지만 나는 십 년 만에 전혀 다른 방식으로 교수 자리를 얻어야만 했다. 오래전부터 아직도 준비가 되지 않았느냐고 은근히 압박을 가해 오던 최 교수가 급기야 올해가 마지막 기회이니 알아서 하라고 짐짓 엄포를 놓았고, 나는 어머니가 닭 모가지를 비틀어 모은 재산을 몽땅 털어 그에게 가져다주었던 것이다. 그때 뮤는 나를 말리며 분명히 말했었다. 그렇게 해서라도 교수가 돼야겠어? 무엇 때문에 그래야 하는데? 미친 짓 하지 말고 정신 차려!

뮤의 말을 들었으면 마음이 이토록 불편하지는 않았을 거라는 생각을 하며 나는 속도를 높였다. 뮤는 단단히 화가 난 듯 보였다. 입을 꽉 다물고 거친 숨소리를 냈다. 뮤의 옆얼굴을 흘긋 쳐다본 나는 미안했다. 요즘 들어 내가 왜 뮤의 사생활에 자꾸만 심사가 뒤틀리는지 모르겠다는 생각이 들었다. 서로의 사생활을 간섭하면 함께 살지 못한다고 단언했던 사람은 오히려 나였는데 말이다. 화가 난 뮤는 한 시간이 넘도록 말을 하지 않았다. 하지만 나는 그녀의 기분을 풀어줘야겠다고 생각은 하면서도 그냥 앞만 보고 운전을 했다.

라디오에선 여러 차례 정규 방송을 중단하고 속보를 전했다. 두 곳의 주파수에서는 아예 전염병에 관한 이야기를 하루 종일 떠들어댔다. 한 곳에서는 보건행정 전문가가 나와 전염병 발생 시의 대응 방안에 관해 자세한 설명을 하고 있었고 또 한 곳에서는 질병 전문가라는 사람이 마이크를 잡고 여러 가지 특이한 전염병에 대해 말했다. 지금 퍼지고 있는 질병이 엄청나게 끔찍한 사태를 초래할 수 있다는 사실도 역설했다. 그는 체체파리에 의해 전염되는 아프리카 수면병, 물속에 있는 유충이 피부를 뚫고 침입해 생기는 주혈흡충증, 콩고 공화국에서 처음 확인된 바이러스성 출혈열인 에볼라열, 감염된 사람이 아무렇지도 않거나 죽어버리는 두 가지의 극단적 형태로 나타나는 라싸열, 에이즈처럼 아프리카원숭이에게 감염되어 가차 없이 죽음을 부르는 마버그열 등의 특이한 질병을 예로 들어 설명하며 그 모든 질병보다 지금 퍼지고 있는 전염병이 훨씬 더 위험하다고 경고했다. 당장 보균자들을 격리시키고 완벽한 방역 대책을 세우지 않으면 사람들이 모두 미치게 되고 결국 인류가 사라질 거라는 터무니없는 엄포까지 놓았다. 보균자들이 발견되는 즉시 모두 죽여버려야 한다고 외치고 싶은 것을 꾹 눌러 참고 있는 것 같았다. 나는 그의 말이 몹시 귀에 거슬렸지만 뮤의 눈치를 살피느라 입을 다물고 있었다.

말없이 생각에 잠겨 있던 뮤가 다시 입을 연 것은 자동차가

고속도로를 벗어나 시내로 진입한 뒤였다. 사흘 전 떠날 때와는 달리 시내는 지나치게 한산했다. 아무리 퇴근 시간이 지났다고 해도 분명 이상했다. 마치 비상사태가 선포된 거리 같았다. 사람들이 눈에 띄지 않았고 차량도 거의 없었다. 뮤는 걱정스러운 표정으로 중얼거렸다. 전염병 때문인가? 이제 겨우 두 명의 보균자가 나타났다면서 왜 이래. 뉴스에서 보도하는 것보다 훨씬 심각한 거 아냐? 나는 글쎄, 하고 건성으로 대답했다. 뮤가 휴대폰을 꺼내들고 어디론가 전화를 걸었기 때문이다. 그녀와의 섹스를 은근히 기대하고 있던 나는 낭패감이 들었던 것이다.

상대방이 끝내 전화를 받지 않자 뮤는 신경질적으로 휴대폰을 껐다. 그러고 나서 골똘히 생각에 잠겨 있다가 느닷없이 자동차를 세워달라고 했다. 나는 왜냐고 묻지 않았다. 자존심이 상했을 뿐만 아니라 그녀에게 휘둘리는 것 같다는 생각이 들었다. 그녀가 계약을 맺고 섹스를 교환한다는 변태 정치인 케이를 만나러 가건, 파리 화단으로 진출하기 위해 누군가에게 몸을 바치러 가건 내가 알 바 아니라는 생각을 하며 자동차를 세웠다. 뮤를 내려주고 혼자가 된 나는 차라리 마음이 홀가분했다.

오늘 문 섬으로 다이빙 갈 거야, 자기는 무리겠지? 하고 뮤가 물었을 때 나는 세미나에 참석하기 위해 집을 나서고 있었다. 그래서 그녀에게 잘 다녀오라는 짤막한 대꾸를 하고 현관 문을 닫았다. 하지만 내가 시간 여유가 있음에도 서둘러 집을 나선 이유는 다른 데 있었다. 왠지 아침에 눈을 뜬 순간부터 손이 떨리고 자꾸만 얼굴이 화끈거렸던 것이다. 나는 세미나에서 연구 발표를 해야 하는 긴장감 때문에 그런 거라고 스스로를 달랬지만 그런 증상은 좀체 멈추지 않았다. 게다가 별별 생각이 다 들었다. 특히 학술 발표 때 엄청난 실수를 저지를 것 같은 불안감에 시달렸다. 여러 사람 앞에서 말을 잘 하기로 소문난 내가 그런 상태에 빠져든 것은 정말 이상한 일이 아닐 수 없었다. 세미나 장소 주차장에 도착해서도 불안하기는 마찬가지였다. 마치 누군가 나의 일거수일투족을 관찰하고 있는 것 같아 극도로 긴장했고, 이런 상태로 학술 발표를 했다간 톡톡히 망신을 당할 거라는 생각을 떨쳐버릴 수 없어 괴로웠다. 그래서 자동차에서 내려야 하는데 꼼짝도 하기 싫었다. 세미나 시작 시간이 점점 임박하자 호흡 곤란 증세까지 나타났다. 결국 나는 다시 시동을 걸고 미친 듯이 핸들을 틀어버렸다. 그리고 뮤에게 전화를 걸어 다이빙을 함께 가자고 했다.

내가 왜 이미 뒷거래가 끝난, 정교수가 되기 위한 공식 절차일 뿐인 연구 발표를 팽개치고 달아났는지, 아무리 생각해봐도 나는 나에게 일어났던 증상을 이해할 수 없었다. 아니, 연구 발표를 대책 없이 펑크낸 나 자신이 싫었다. 때문에 애꿎은 핸들을 주먹으로 계속해서 내리치며 바보 자식! 하고 나

자신을 질책했다. 그때, 휴대폰 벨이 울렸다. 발신자가 뮤임을 확인한 나는 마지못해 전화를 받았다. 그러자 뮤가 다급하게 물었다. 구규 씨, 지금 어디쯤 갔어? 나는 심드렁하게 대답했다. 집에 거의 도착했는데, 왜? 뮤가 숨 넘어가는 소리로 외쳤다. 나 지금 아까 내가 내린 곳에 있어. 잔말 말고 빨리 와!

얼굴이 발갛게 상기된 뮤는 자동차에 타자마자 나의 바지 지퍼를 내렸다. 뮤의 돌발적인 행동에 어이가 없었지만 나는 그녀를 제지하지 않고 내버려두었다. 그녀는 내 성기를 주물러 한껏 부풀려 놓았다. 그러고 나서 넣고 싶어! 하고 속삭이며 나를 쳐다보았다. 뮤의 눈동자에서 푸른빛이 뿜어져 나오는 것 같았다. 나는 그녀만이 주는 짜릿한 기운이 발끝까지 퍼지는 것을 느끼며 그녀의 아래로 손을 밀어 넣었다. 그리고 숨을 훅, 내쉬며 중얼거렸다. 미치겠어. 빨리 집에 가자. 나의 말에 뮤는 고개를 저으며 소리쳤다. 바보야, 아무 데나 차 세워! 나는 뮤의 성화에 건강식품 판매점 앞 도로에 차를 세웠다. 내가 정말 여기서 할 거냐는 시선을 보내자 그녀는 망설임 없이 뒷좌석으로 넘어갔다. 그리고 나의 머리카락을 거칠게 잡아당기며 뭐하고 있느냐고 인상을 썼다. 그 순간 나는 뮤가 어떤 방식으로 섹스를 할지 짐작했다. 평소에 그녀는 두 가지 방식으로 섹스를 즐겼다. 격렬하고 가학적이기까지 한 동적인 섹스와 숨소리조차 들리지 않는 정적인 섹스. 나는 그런 뮤의 매혹에 흠뻑 빠져 섹스를 하면서도 그녀의 몸속 어딘가에 악녀가 숨어 있는 것 같아 소름이 끼치곤 했다.

내가 뒷좌석으로 옮겨 타자 뮤는 다짜고짜 나의 뺨을 한 대 갈겼다. 그러고 나서 한 번만 더 그 따위로 자신을 간섭하면 똥을 먹이겠다고 으름장을 놓았다. 내가 눈썹이 짙은 정치인 케이에 대해 운운한 것을 짚고 넘어가는 거였다. 하지만 나는 그런 취급을 받으면서도 기분이 나쁘지 않았다. 오히려 걷잡을 수 없이 흥분했다. 그녀의 블라우스를 벗기고 가슴을 빨며 한 손으로 팬티를 끌어내렸다. 그러자 그녀가 숨을 헐떡거리며 외쳤다.

"넌 시궁창에 사는 쥐새끼들처럼 악취를 풍겨! 그래서 너랑 있으면 구역질이 나!"

그녀의 비난에 쓴웃음이 흘러나왔다. 얼마 전 케이크 상자에 담아 최 교수에게 전달한 돈 뭉치가 떠오른 때문이었다. 최 교수는 그 돈이 내가 들어갈 자리를 남기는 나이든 교수의 퇴직금이라고 아무렇지도 않게 말했다. 우리도 나중에 퇴직할 때 챙겨서 나가게 될 테니 억울할 것 하나도 없다는 말도 덧붙였다.

"다른 사람 욕할 것 없어. 넌 더 더러운 쥐새끼야!"

나에게 계속해서 욕을 하는 그녀의 입을 내 입으로 막고 나는 중얼거렸다.

"그래 난 쥐새끼야. 내 몸에서 시궁창 냄새가 날 거야. 손에서도, 머리카락에서도, 내장에서도, 성기에서도, 아마 정액에선 더 역한 냄새가 날 걸. 조금 있다 한번 맡아보라고. 씨발, 좆같은 세상!"

정신 질환을 일으키는 점염병이 돌고 있다는 뉴스에 충격을 받은 탓일까, 뮤와 나는 서로를 마구 헐뜯고 비난하면서 섹스를 했다. 자학 상실 슬픔 절망 이별 종말 극단 최후…… 그런 낱말들이 어울리는 분위기였다. 그런데 웃기는 건 내가 너보다 더 더러운 쥐새끼라는 거야, 하고 그녀는 평소와 다르게 자신까지 학대하는 욕설을 퍼부으며 오르가슴에 올랐다. 나는 그녀의 말에 가슴이 답답했다. 더러운 쥐새끼로 살아야 하는 세상을 원망하며 정액을 쏟아냈다. 그녀는 내 정액에서 정말 시궁창 냄새가 난다고 농담을 했다. 그러고 나서 내가 바지 지퍼를 올리기도 전에 약속이 있다면서 부랴부랴 자리를 떠나버렸다. 그리고 그날 밤 집에 들어오지 않았다. 하지만 나는 별로 신경을 쓰지 않았다. 종종 있는 일이었고 사흘간 펑크 낸 강의와 세미나 건을 수습하느라 한동안 정신이 없었던 것이다.

뮤가 나흘째 집에 들어오지 않자 나는 걱정이 되기 시작했다. 밤새 뒤척이다가 새벽에 잠이 들었다. 그리고 정오가 되어서야 눈을 떴다. 그것도 자연스럽게 잠을 깬 것이 아니라 몸 어딘가가 몹시 불편하고 괴로운 느낌 때문이었다. 나는 불쾌한 기운을 빨리 떨쳐버리기 위해 샤워를 하려고 욕실로 들

어갔다. 그런데 욕실 거울에 비친 내 얼굴이 벌겋게 달아올라 있었다. 나는 얼굴을 식히기 위해 세면대에 찬물을 받았다. 그러다가 내 손이 심하게 떨고 있는 것까지 발견하게 되었다. 기절할 노릇이었다. 왜 자꾸 이런 증세가 나타나는 걸까. 아무리 생각해 봐도 모를 일이었다. 지난번 세미나 때는 긴장감 때문이라고 할 수 있겠지만 잠을 자는 무의식중에도 이런 증세가 일어난다면 심각한 문제가 아닐 수 없었다. 나는 덜컥 겁이 났다. 새삼, 뮤라도 함께 있었으면 이렇듯 두렵지는 않을 거라는 생각을 했다.

떨리는 손은 주머니에 찔러 넣어 감추면 된다지만 삶은 고구마 같은 얼굴은 어떻게 한단 말인가. 나는 떨리는 손으로 샤워기를 들고 찬물을 얼굴에 뿌렸다. 하지만 붉은 기운은 사라지지 않고 오히려 푸르뎅뎅한 기운까지 더해져 얼굴이 온통 검붉은 색으로 변해 버렸다. 마치 늙은 지렁이의 표피 같아 산 사람의 피부도, 죽은 사람의 피부도 아닌 괴물의 껍질 같은 느낌. 나는 도무지 그냥 밖으로 나갈 수 없었다. 언젠가 황사 때문에 사 두었던 입 마스크로 얼굴을 반 이상 가리고 나서야 집을 나섰다.

학교로 향하는 거리는 예전과 조금도 달라진 게 없었다. 처음 전염병 뉴스가 보도됐을 땐 사라졌던 사람들이 어느새 다시 쏟아져 나와 분주히 움직이고 있었고, 차량 행렬도 끊이지 않고 이어졌다. 하지만 나는 차창 밖의 풍경이 예사롭게 느껴지지 않았다. 나와 너무나 먼 세계 같았다. 내 얼굴의 검붉은 기운이 가시지 않는 한 차에서 내려 저 거리의 인파 속으로 들어가는 일은 영원히 없을 것이라는 생각이 들었다. 학교 주차장에 도착해서도 나는 선뜻 자동차에서 내리지 못했다. 백미러에 비친 내 얼굴을 들여다보며 한동안 그대로 앉아 있었다. 푸르뎅뎅한 기운이 조금 사라지고 나서야 가까스로 용기를 내어 자동차의 문을 열고 내렸다. 그리고 누가 볼세라 강의실로 뛰어 들어갔다.

내 얼굴을 본 학생들의 반응은 다양했다. 깜짝 놀라 눈을 휘둥그레 뜨는 학생, 웃음이 나오는 것을 참는 학생, 애써 못 본 척하는 학생, 침을 삼키며 내가 자신의 궁금증을 풀어주길 바라는 학생, 수군거리는 학생, 관심조차 기울이지 않는 학생. 다행히 나는 그들 중에 한 학생의 말을 받아 위기를 모면했다. 평소 환경 문제를 너무 진지하게 피력해 다소 부담스러웠던 한 남학생이 마치 구세주 같은 말을 했던 것이다. 교수님, 알레르기가 심하신가 봐요. 요즘 공해가 심해서 큰일이에요. 저도 며칠 전 아무 이유 없이 얼굴이 퉁퉁 붓고 얼얼해서 죽는 줄 알았습니다. 병원에 갔더니 화학 먼지 알레르기 때문인 것 같다고 하더군요. 나는 얼굴이 화끈 달아올랐지만 일부러 재채기를 하며 그 남학생을 향해 고개를 끄덕였다. 그러자 그가 가방 속에서 뭔가를 꺼내면서 어처구니없는 말을 했다. 저처럼 이런 방독면을 쓰고 다니세요. 저도 조형대학 윤 교수님을 보고 이걸 쓰기 시작했는데 참 좋아요. 그 교수님은 일주일에 사흘은 방진복을 입고 방독면을 쓰고 자전거를 타고 출근하시잖아요. 저도 일주일에 사흘은 이걸 쓰고 다니는데 알레르기 증상도 안 생기고, 게다가 환경오염의 재앙을 경고하려는 뜻이 담겨 있어서 얼마나 좋은지 몰라요. 거리 퍼포먼스를 벌이는 것 같아 재미있기도 하고요. 나를 보고 한두 사람만이라도 환경의 중요성을 생각한다면 좋은 일이잖아요. 교수님은 생태학 강의를 하시는 분이니까 윤 교수님보다 더욱 환경 운동가가 되셔야 할 거 같은데요. 이번 기회에 저희 '그린 맨' 클럽에 가입하시면 정말 좋겠네요. 저희 집에 이거랑 똑같은 게 하나 더 있는데 가져다드릴까요? 여기저기에서 킥킥거리는 소리가 들려왔다. 하지만 남학생은 개의치 않고 할 말을 다 했다. 그러고 나서 방독면을 쓰고 앉아 있기 시작했다. 나는 잔기침을 하며 대꾸했다. 듣고 보니 그것도 일석이조의 좋은 방법이 될 수 있겠네. 하지만 지금은 그것 좀 벗어주게나. 나는 강의 도중 또다시 호흡 곤란을 느끼기 시작했다. 별다른 방도가 없겠다 싶어, 나는 사래가 들린 것처럼 일부러 심하게 기침을 해대며 수업을 끝내버렸다.

호흡 곤란으로 쩔쩔 매고 있는 나에게 산소마스크를 씌운 응급실 젊은 의사는 반복해서 내 눈을 뒤집어 보았다. 그사이 간호사는 세 번이나 내 혈압을 체크했다. 그러고 나서도 그들은 내 곁에 붙어 서서 안절부절못하고 있었다. 하지만 나는 손목시계를 들여다본 뒤, 그들에게 물러가서 다른 환자를 돌보라고 손짓했다. 두 번이나 똑같은 증상에 시달린 나는 머지않아 내가 아무 일도 없었던 것처럼 멀쩡해진다는 사실을 알고 있었기 때문이다. 정말 거짓말처럼 내가 금방 자리에서 일어나 산소마스크를 벗어버리자 젊은 의사는 어이없다는 표정을 지으며 정말 괜찮은 거냐고 물었다. 나는 젊은 의사를 향해 멋쩍게 웃으며 고개를 끄덕였다. 그러자 그가 혹시 정신과 질환이 있으세요? 하고 물었다. 나는 그의 말이 잘 이해되지 않아 네? 하고 대꾸했다. 그가 다시 말을 이었다. 광장 공포증이나, 사회 공포증, 대인 공포증 같은 거 말이에요.

병원 앞에서 서둘러 택시를 탄 나는 머릿속이 복잡했다. 코끝에 점이 있는 운전기사에게 한숨을 내쉬며 집 방향을 일러주었다. 어째서 일이 없어 집에 있는 날엔 멀쩡하다가 수업이 있거나 밖에서 볼일 있는 날에만 이상한 증세가 나타나는 건지 모를 일이었다. 젊은 의사의 말대로 대인 공포증이라도 걸렸단 말인가. 나는 심란했다. 하지만 곧 진저리를 치듯 고개를 내흔들었다. 어머니가 떠오른 때문이었다. 교수가 되기 위해 내가 어떤 짓을 했는데, 말도 안 되는 일이었다.

나는 이틀째 집에만 처박혀 있었다. 여전히 뮤는 집에 들어오지 않았다. 이른 아침, 나는 불안감에 시달리다 못해 뮤의 방 문고리를 분해했다. 그녀의 방 안은 평소와 달랐다. 급하게 짐을 챙겨 달아난 사람의 방같이 어수선했다. 텔레비전이 놓인 삼단 서랍장은 층계처럼 열려 있었고, 방바닥엔 옷가지들이 엎어진 슬리퍼와 함께 널려 있었다. 또한 탁자에 놓인 먹다 남긴 요구르트 병에선 쉰내가 나고 있었다. 나는 요구르트 병을 가져다 버린 뒤 슬리퍼를 모아 침대 밑으로 밀어넣었다. 옷가지들은 한꺼번에 침대 한쪽에 올려놓고 서랍장 문을 모두 닫아버렸다. 그러고 나서 그녀의 책상 위에 놓여 있는 물건들을 살펴보았다. 그곳에는 소설책 세 권과 껌 한 통이 놓여 있었다. 나는 껌 두 알을 꺼내 질겅질겅 씹으며 세 권의 책을 차례대로 들고 대충 훑어보았다. 뮤에게 이런 순수 문학적 취향이 있었나. 그녀와 백 번도 넘게 섹스를 했건만 정작 그녀에 대해 아는 게 별로 없다는 생각이 들어 씁쓸했다. 슬프고 우울하기까지 했다. 나는 책상 서랍을 뒤지며 세 권의 책 중 어딘가 적혀 있던 문장을 투덜거리듯 지껄였다. 성부와 성자와 성신의 이름으로 퍼큐!

하지만 서랍 속에도 그녀가 일주일째 집에 들어오지 않는 이유를 설명해 줄 만한 단서가 없었다. 그녀의 자유분방함을 대변해 주는 사진이 여러 장 있을 뿐이었다. 살사 댄스 동호인들과 춤을 추면서 찍은 사진, 자신의 그림 전시회장에서 담배를 입에 물고 찍은 사진, 술집에 앉아 소주병을 앞에 놓은 채 남자 둘을 양쪽으로 끌어안고 찍은 사진, 알몸에 음부가 훤히 비치는 망사 스타킹을 신고 포르노 배우처럼 찍은 사진 등등. 나는 그녀의 방 문고리를 분해한 이유를 잊은 채 한동안 그 사진들을 들여다보았다. 그러다가 어느 사진 한 장을 집어 들고 기분 좋은 웃음을 터뜨렸다. 그것은 지난해 나와 뮤가 파트너로 참가한 연말 파티에서 찍은 사진이었다. 사진 속에는 고양이 모양의 마녀로 변장하고 한 손에는 망치를 든 그녀가 영화 「스크림」의 코스튬을 입고 가면을 쓴 나의 뺨에 입을 맞추는 장면이 실감나게 포착돼 있었다.

마침내 스크림 가면을 뮤의 옷장 깊은 곳에서 찾아낸 나는 그것을 들고 단걸음에 거울 앞으로 달려갔다. 그리고 눈을 반짝이며 얼굴에 가면을 써 보았다. 기분이 좋았다. 사진을 찍었던 그날의 감정이 잊혀지지 않고 고스란히 되살아나는 듯했다. 뮤가 자신의 살사 댄스 동호회에서 주최하는 가면무도회에 가자는 제안을 처음 했을 때 나는 입 꼬리를 치켜 올리며 가면무도회? 넌 우리나라 사람들 정서에 그게 어울린다고 생각하니? 하고 핀잔을 주었다. 하지만 그녀는 기어코 나를 굴복시켰다. 알았어, 알았다고, 같이 가자고, 하지만 준비는 네가 다 해, 난 몸만 따라가 줄 거니까. 그러면 됐지? 하고 속삭인 뒤에야 나는 일주일만에 그녀와 섹스를 할 수 있었다. 하지만 막상 파티장에 도착한 나는 완전히 달라졌다. 순식간에 모든 것을 잊고 가면의 매력에 깊이 빠져들었다. 내가 누구인지, 상대가 누구인지 아무것도 알 필요가 없는 세계. 모든 복잡한 것을 던져버리고 본능대로 움직이는 세계. 내 생애에 이렇듯 마음이 편안한 적이 없었다는 생각까지 들었다. 정말로 인간은 가면을 쓰는 순간 본래의 자아를 망각하고 신이나 악마처럼 초인적인 존재가 되는 모양이었다. 가면을 쓴 나는 아무것도 두려울 게 없었다. 거침없이 행동하며 말로 표현할 수 없는 해방감에 사로잡혔다. 그래서 파티가 끝난 뒤에도 가면을 쓴 채 뮤와 함께 거리를 활보했다. 그런 상태가 너무나 행복하게 느껴져 눈물이 날 지경이었다.

정오쯤 가면을 쓰고 뮤의 방을 나온 나는 그 상태 그대로 음악을 들었고, 강의 준비를 했고, 낮잠을 잤다. 답답하기는커녕 오히려 마음이 편안했다. 그래서 저녁거리를 사러 갈 때도 나는 장난기가 발동해 그대로 가면을 쓰고 밖으로 나가보았다. 아파트 단지 입구의 편의점으로 가기까지 일부러 많은 사람들을 스치고 지나갔다. 그러면서 그들의 표정을 유심히 살펴보았다. 미친놈! 하고 중얼거리거나, 어리둥절한 표정을 짓는 노인도 있었지만 대부분의 사람들은 뜻밖에 횡재를 한 듯한 웃음을 터뜨리며 나를 쳐다보았다. 방독면을 쓰고 다니는 것이 퍼포먼스를 벌이는 것 같아 재미있기도 하다는 제자의 말이 실감나게 떠올랐다.

편의점 안으로 들어서자 한쪽에 서서 컵라면을 먹던 변성기의 남학생 둘이 와아! 하고 외치며 내 앞으로 다가왔다. 나는 그들에게 순간적으로 장난을 쳤다. 「스크림」을 패러디한 영화의 코믹한 한 장면을 연상하며 칼을 들고 달려드는 시늉을 했다. 그러자 그들이 달아나면서 깔깔거리고 웃음을 터뜨렸다. 카운터의 편의점 주인은 잔뜩 긴장을 하고 있다가 내가 물건 값을 지불하고 난 뒤에야 슬그머니 웃으며 끼고 있는 안경을 밀어 올렸다. 나는 집으로 돌아오는 길에 요즘 같은 세상엔 가면을 쓰고 다니는 것도 꽤 괜찮은 일이라는 생각을 했다. 가면을 쓰고 학교에 출근한 내 모습을 상상하자 온몸이 근질거리고 절로 웃음이 터져 나왔다. 내가 왜 이러지? 미쳤나? 하고 중얼거리면서도 자꾸만 실실거렸다.

내가 스크림 가면을 쓰고 강의실로 들어서자 학생들은 어리둥절한 표정을 지었다. 잠시 술렁거리더니 하나 둘 웃음을 터뜨렸다. 나는 조용해질 때까지 팔짱을 끼고 묵묵히 서 있었다. 그런 내 모습에 더욱 왁자지껄하던 학생들은 어느 순간부터 잠잠해지기 시작했다. 잠시 뒤 그들의 시선은 일제히 나에게 집중되었다. 흥미로운 사건을 접하게 됐다는 기대감, 가면 뒤에 숨어 무슨 짓을 하려고 그러냐는 경멸감, 평소엔 그럴싸하게 보이던 인간이 형편없이 망가져서 나타났다는 실망감 등등. 그런 감정이 잔뜩 실린 학생들의 시선은 나를 턱없이 긴장시켰다. 하지만 나는 가면을 쓴 탓에 조금도 두렵지 않았다. 나를 영화 속의 살인마와 찰리 채플린의 교배 잡종 같다고 해도 상관없었다. 가면을 쓰는 심리가 자신의 모습을 감추

기 위해서라고 비난한다 해도 그 또한 신경 쓰고 싶지 않았다. 나는 가면을 쓰고 다닌 지 딱 하루만에 또 다른 존재로 태어난 것이었다. 젊은 의사가 공포증 같다고 한 증세, 손이 떨리고 얼굴이 벌겋게 부어오르며 호흡 곤란이 일어나 아무것도 할 수 없는 이상한 증세도 사라졌던 것이다. 뿐만 아니라 평소에 나로 하여금 인간적인 고통을 느끼게 했던 사람이 이제는 나로 인해 두려움에 떨게 될 거라는 엽기적인 생각까지 들었던 것이다.

아무튼, 가면을 쓰고 강의실에 나타난 나에게 일제히 쏠려 있던 학생들의 시선을 나는 철저하게 무시했다. 그 대신 내 생애 가장 멋진 강의를 펼쳤다. 호기심과 의혹으로 가득 찼던 학생들의 시선은 점차 열기와 감동으로 부풀어 올랐고, 마침내 내가 한바탕 웃음이 터져 나오는 유머를 던지며 강의를 끝내자 일제히 환호성을 터뜨리며 정당 당원들처럼 열광적인 박수를 쳐댔다. 나는 가면이 나에게 작용하는 위력을 다시 한 번 실감하며 강의실을 나왔다. 그리고 저녁 늦게까지 인파 속에 묻혀 시내를 돌아다녔다. 가면을 쓴 채 서점에도 가고, 약국에도 가고, 레코드 숍에도 가고, 전자제품 판매점에도 갔다. 그곳에서 일하는 직원들 역시 한결같이 나를 흥미로워했다. 심지어 교차로에서 교통정리를 하는 경찰관까지 껄껄껄 웃으며 나에게 다가와 말을 걸 정도였다.

최 교수의 집을 대각선으로 바라보며 자동차를 세운 나는 가면을 벗었다. 그리고 허겁지겁 햄버거를 먹기 시작했다. 가면 놀이에 푹 빠져 하루 종일 먹는 것도 잊은 채 돌아다닌 때문이었다. 햄버거를 먹고 나서야 나는 손목시계를 들여다보았다. 곧 최 교수가 나타날 거라는 생각을 하며 다시 가면을 썼다. 그러면서 가면을 쓴 나를 학생으로 착각하고 반말을 하던 몇몇 사람들의 모습을 떠올리며 웃음을 터뜨렸다.

순간, 택시 한 대가 우회전해 골목 입구로 들어서고 있었다. 얼핏 차창으로 최 교수의 모습이 비쳤다. 택시가 멈추는 것을 보고 나는 재빨리 차에서 내렸다. 그리고 그를 향해 걸어갔다. 택시에서 내린 최 교수는 몸을 가누지 못한 채 위태롭게 비틀거렸다. 택시가 골목을 빠져나가자마자 나는 그의 앞을 가로막고 섰다. 그러자 그가 너 뭐야! 하고 소리쳤다. 나는 손가락으로 내 얼굴에 쓰인 가면을 가리키며 나는 너다! 하고 외쳤다. 최 교수는 나의 말을 제대로 알아듣지 못했다. 뭐 이런 미친놈이 있나 하는 표정으로 눈을 가늘게 뜨고 내 가면을 쳐다보았다. 그러다가 잠시 고개를 갸웃거리더니 갑작스럽게 언성을 높였다.

"너 구규지? 구규!"

나는 아차 싶었다. 내가 스크림 가면을 쓰고 강의를 했다는 사실을 최 교수도 소문을 들어 이미 알고 있을 터였다. 하지만 나는 예상치 못했던 상황을 무마하기 위해 거칠게 그를 벽으로 밀어붙였다. 그러자 그가 미친놈! 하고 중얼거리며 나의 가면을 벗기려고 팔을 뻗었다. 순간 나는 당황했다. 반사적으로 그의 손을 잡아 비틀며 그에게 되물었다.

"내가 왜 구규지?"

"이 자식, 너 구규이면서…… 대체 나한테 왜 이러는 거야?"

"왜냐고? 그건, 내가 너이기 때문이야. 아니 네가 나이기 때문이지."

"미친놈, 무슨 개소리야?"

"내가 이 가면을 너에게 씌우면 너는 내가 돼."

"야, 이 한심한 자식아, 넌 죽었다 깨어나도 나 같은 사람이 못 돼. 또 내가 너 같은 놈이 될 바엔 차라리 죽어버리겠다. 자식아!"

최 교수는 마지막 발악을 하듯 악을 썼다. 나는 그의 팔을 더욱 세게 비틀었다. 동시에 그의 등판을 팔꿈치로 내리찍었다. 순간, 그가 무릎을 꿇었다. 나는 그의 머리카락을 움켜잡고 그의 얼굴을 뒤로 젖혔다. 그리고 씨익, 웃으며 그를 내려다보았다. 그는 공포에 질린 표정으로 나를 올려다보았다. 잠시 뒤 모든 걸 체념한 듯 눈을 감았다. 하지만 다음 순간, 나는 아찔한 현기증을 느끼며 뒤로 나가떨어졌다. 그가 용수철처럼 튀어 오르며 자신의 머리로 나의 턱을 가격했던 것이다.

최 교수는 죽어, 미친놈아! 하고 외치며 벌떡 일어나 나에게 반격을 가하기 시작했다. 그의 날카로운 구둣발이 사정없이 나의 옆구리로 날아와 박혔다. 나는 죽을힘을 다해 벽 쪽으로 기어갔다. 그러자 이번에는 그가 나의 머리카락을 움켜쥐고 나의 얼굴을 뒤로 젖혔다. 그러고는 가차 없이 나의 얼굴에 쓰인 가면을 벗겨냈다. 나는 갑작스럽게 호흡 곤란을 느끼기 시작했다.

"흐흐, 내가 너라구? 아니 네가 나라구?"

가면을 흔들며 그가 비아냥거렸다. 순간, 나는 그가 했던 것과 똑같은 자세로 상체를 일으키며 머리로 그의 턱을 가격했다. 그러자 그가 벽 쪽으로 나가떨어졌다. 나는 그에게 달려들어 가면을 빼앗았다. 그리고 정신없이 그의 머리통을 벽에다 찧어댔다. 세 번, 네 번, 다섯 번…… 어느 순간, 그는 더 이상 아무런 저항을 하지 않았다. 나는 동작을 멈추고 그를 내려다보았다. 그의 머리가 푹, 꺾어지듯 수그러졌다.

잠시, 나는 잠이 든 것처럼 앉아 있는 최 교수를 내려다보았다. 양손에 경련이 일고 전신에 소름이 돋았다. 하지만 더 이상 호흡 곤란은 느껴지지 않았다. 나는 마음이 차분하게 가라앉는 걸 느끼며 내 얼굴에 쓴 가면을 벗었다. 그리고 그것을 최 교수의 얼굴에 씌웠다. 그러자 근원을 알 수 없는 성취감이 맹독처럼 온몸으로 퍼져 나갔다. 나는 가면이 쓰인 그의 얼굴을 곧추세우고 몸을 일으켰다. 그러고 나서 가면이 쓰인 그의 얼굴을 어루만지며 속삭였다.

"봐, 가면 위에 가면을 쓰니까 훨씬 사람답게 보이잖아."

이른 새벽, 나는 끈질기게 울리는 전화벨 소리에 잠을 깼다. 수화기를 통해 들려오는 남자의 음성에는 극도로 고조된 긴장감이 감돌고 있었다. 그는 자신을 중앙 보건 복지부 방역 과장이라고 소개했다. 그러고 나서 이렇다 할 설명도 없이 잠시 뒤에 자신의 부하 직원이 방문을 할 예정이니 아무 데도 가지 말고 집에 있으라고 했다. 보건 복지부 직원이 무슨 일로? 나는 장난 전화가 틀림없다는 생각을 했다. 당신 뭐야! 하고 벌컥 화를 냈다. 그러자 그가 냉정하게 대꾸했다.

"최근에 대인 기피증 초기 증상인 호흡 곤란으로 응급실에 실려 가신 적이 있지요? 그리고 요즈음 정신 질환을 일으키는 전염병이 돌고 있는 사실도 잘 알고 있지요? 우리가 역학 조사를 한 결과 당신이 이번 신종 바이러스에 감염되었다는 사실을 추적해 냈습니다."

그렇다면 나에게 일어났던 증세가 전염병으로 인한 정신 질환이었단 말인가. 나는 남자에게 이건 분명 무슨 착오가 있는 것이 분명합니다, 하고 외쳤다. 그러자 그가 짜증을 내며 말했다.

"당신 하나 때문에 이 도시 사람들 전부가 정신병에 걸려도 좋겠어요? 벌써 공식적으로 확인된 감염자가 열 명이 넘고 있어요. 우리도 이런 질환을 일으키는 바이러스는 생전 처음 접하는 거라서 당황스럽지만 최선을 다하고 있으니 협조해 주십시오. 보통 전염병이 발생하면 삼십 명이 넘어야 우리

가 개입을 하고 조치를 취합니다. 그런데 이번엔 아주 심각한 케이스라서 우선 감염자들을 시립 병원에 격리 수용하기로 결정했습니다. 서류를 보니 대학에서 생태학 강의를 하고 계시더군요. 잘 아실 만한 분이 왜 그러십니까? 믿기 힘들겠지만 마음을 냉정하게 가라앉히고 저희 직원을 기다리십시오. 삼십 분 전에 출동했으니 곧 도착할 겁니다."

내가 길게 한숨을 내쉬자 그가 못을 박듯 다시 입을 열었다.

"뮤라는 여자 분도 우리가 격리 수용하고 있으니 다른 생각하지 마십시오."

전화를 끊고 나는 잠시 우두커니 서 있었다. 그러다가 휘청, 바닥으로 주저앉았다. 벽이 기울고 바닥이 진동하는 것 같았다. 나는 두 눈에 힘을 모으고 벽을 바라보았다. 그런데 어찌된 일인지 벽 속에서 뮤가 웃고 있었다. 그곳으로 들어오라고 나에게 손짓을 하고 있었다. 꿈인가, 현실인가. 하지만 나는 뮤를 향해 손을 내밀며 자리에서 일어났다. 그때, 어디선가 사이렌 소리가 들려오기 시작했다. 그 절박한 소리를 들으며 나는 안절부절못했다. 뮤가 사라지고, 벽이 사라지고, 이윽고 나 자신도 스러지기 시작했다. 내가 나라고 믿었던 실체가 스러지자 방 안엔 절규가 가득 들어찼다. 사이렌, 사이렌…… 내가 나를 부르는 소리가 사방에서 메아리치고 있었다.

작가의 말

나는 무슨 일이든 해야 할 일이 생기면 그냥 한다. 아무것도 따지지 않고 의미를 부여하지도 않는다. 소설도 그냥 썼고, 그림도 그냥 그렸다. 그렇게 그냥 하다보니 『어느 날, 크로마뇽인으로부터』가 세상에 나오게 됐다. 또한 두 번째 소설집이라는 조금 특별한 의미가 절로 생겨났다.

나의 소설 인생엔 두 분의 스승님이 계시다. 처음 문학 판에 발을 들여놨을 때 한 분이 이런 말씀을 하셨다. "책 두 권을 내야 작가라고 부를 수 있지!"

하지만 소설가로 등단한 지 7년째, 나는 감히 이런 생각을 한다. 책 한 권을 내도 작가가 되는 사람이 있고 열 권, 백 권을 내도 작가가 되지 못하는 사람이 있다. 요컨대, 진정성의 문제일 터.

2005년 봄날

이평재

어느 날,
크로마뇽인
으로부터

1판 1쇄 찍음 2005년 4월 27일
1판 1쇄 펴냄 2005년 4월 30일

지은이 · 이평재
펴낸이 · 박맹호, 박근섭
펴낸곳 · (주) 민음사

출판등록 1966. 5. 19. (제16-490호)
서울시 강남구 신사동 506 강남출판문화센터 5층(135-887)
대표전화 515-2000 / 팩시밀리 515-2007
www.minumsa.com

값 10,000원

ISBN 89-374-8063-8 03810